# 紅樓夢又醫章

鄧正梁醫師 著

關於【紅樓夢人物】【中醫事典】【紅樓夢詩詞】

## 紅樓夢又醫章的緣起

《紅樓夢》大家都知道是中國四大古典名著之一，由曹雪芹「披閱十載，增刪五次」，後人評價為「字字看來皆是血，十年辛苦不尋常」，看似十分沉重，但實際讀來卻是越讀越有趣。心想，到底是什麼力量，讓作者有這麼大的毅力完成這部巨作？

後來發現，《紅樓夢》的思想不一般，賈寶玉、林黛玉的內心純真，卻仍有諸多掙扎；薛寶釵如此落落大方，卻有一個頗不講理的哥哥薛蟠；尤二姊如此美麗動人，卻仍被折磨的最後吞金自殺；賈母看似老來糊塗，卻充滿了生在富貴的智慧。

人物刻劃如此細膩，各個主角出場的時間卻如曇花一現，繁華富貴瞬間消逝。

原來林黛玉天天吃著人參養榮丸，才思洋溢，情感細膩，卻先天不足；尤二姊的死還有貓膩，碰到虎狼醫，吃了虎狼藥，胎兒不保，命也不保；薛寶釵生的富貴模樣，行動舉止大家風範，卻留一股胎毒，每天吃海上方〈冷香丸〉去毒，感覺飄逸脫塵的藥丸，不是窮苦人家吃的黃連；秦可卿生病憂心，張太醫一把脈把她心底事都說出來了；賈寶玉中巫蠱之術，昏迷多日將要歸西之際，桂圓湯竟把他救了回來。曹雪芹把富貴人家的苦楚折磨寫得如此細緻，讓人不會懷疑中國古代讀書人皆懂醫的道理。

《紅樓夢》中有許多點醒世人的地方，如第一回的〈好了歌〉一直在說「世人都曉神仙好」，但是功名忘不了，金銀忘不了，嬌妻忘不了，兒孫忘不了。一再的點醒我們，人世間繁華皆是夢，轉眼成空，似乎要放下執著，才能認識成仙的大道。

接觸《紅樓夢》之後，深感於中國文化的精髓、瑰寶，應該將其進一步發揚，因此就有了後來拍攝的緣由。

# 目錄

關於紅樓夢詩詞

# 關於

# 紅樓夢人物

圖片來源／新唐人亞太電視台

《紅樓夢》是由清代曹雪芹所著的長篇章回小說，以貴族賈府的興衰為主軸，演繹出大觀園中賈寶玉與林黛玉的愛情悲劇，本篇藉傳統戲曲京劇的妝面與藝術身段，來呈現紅樓夢人物的大家風範。

## 賈寶玉

榮國府史太君唯一嫡孫

別號：怡紅公子

人物介紹：

前世真身為赤霞宮神瑛侍者，與絳珠仙草（林黛玉前世）有「木石前盟」前緣，因銜通靈寶玉而誕，深受祖母史太君疼愛，與家中姊妹們一處嬌養成長，書中藉林黛玉視角對其外在形象描繪為「面如敷粉，唇若施脂，轉盼多情，語言常笑。天然一段風騷，全在眉梢；平生萬種情思，悉堆眼角。」

圖片來源：新唐人亞太電視台

## 林黛玉

榮國府史太君外孫女

別號：瀟湘妃子

人物介紹：

前世為絳珠仙草，幼年母亡，被外祖母接入榮國府中照護，書中對其外貌描繪為「兩彎似蹙非蹙罥煙眉，一雙似喜非喜含情目。態生兩靨之愁，嬌襲一身之病。淚光點點，嬌喘微微。閑靜時如姣花照水，行動處似弱柳扶風。心較比干多一竅，病如西子勝三分。」

圖片來源：
新唐人亞太電視台

## 薛寶釵

賈寶玉姨表姊

📖別號：蘅蕪君

📖人物介紹：

與母、兄客居於榮國府，博學端莊，深受賈府上下好評，因自幼配戴金鎖，被寓意與賈寶玉是「金玉良姻」，書中對其描繪為「肌膚豐澤，唇不點而含紅，眉不畫而橫翠，臉若銀盆，眼同水杏。罕言寡語，人謂藏愚；安分隨時，自云守拙。」

圖片來源：
新唐人亞太電視台

## 王熙鳳

榮國府實際當家人

人物介紹：

賈寶玉舅表姊與堂嫂，自幼假充男兒教養，精明能幹，得史太君喜愛，書中對其外貌描繪為「一雙丹鳳三角眼，兩彎柳葉吊梢眉；身量苗條，體態風騷；粉面含春威不露，丹唇未啓笑先聞。」然而賈府僕人卻評其為「嘴甜心苦，兩面三刀。」「明是一盆火，暗是一把刀。」

圖片來源：
新唐人亞太電視台

## 妙玉

大觀園櫳翠庵中帶髮修行尼姑

別號：檻外人

人物介紹：

極端孤傲清高，於賈府修造大觀園時，下帖請入櫳翠庵中修行，書中藉旁人視角對其身世描繪為「原是姑蘇人氏，祖上也是讀書仕宦之家，因自小多病，買了許多替身兒皆不中用，到底親自入了空門，方才好了……文墨也極通，經典也極熟，模樣又極好。」

圖片來源：
新唐人亞太電視台

## 賈探春

賈寶玉庶出妹妹。

別號：蕉下客

人物介紹：

有經世之才，受賈母、王夫人器重，於王熙鳳養病期間代為管家，對大觀園中許多制度興利除弊，書中描繪其外貌為「削肩細腰，長挑身材，鴨蛋臉兒，俊眼修眉，顧盼神飛，文彩精華，見之忘俗。」王熙鳳評論其為「他雖是姑娘家，心裡卻事事明白，不過是言語謹慎；他又比我知書識字，更厲害一層了。」



圖片來源：新唐人亞太電視台

## 秦可卿

寧國府長孫賈蓉之妻。

人物介紹：

於初登場時深受賈家上下喜愛，書中藉賈母視角描繪其為「是個極妥當的人，生的裊娜纖巧，行事又溫柔和平，乃重孫媳中第一個得意之人。」在故事情節中，榮國府女眷受邀至寧國府賞花，賈寶玉在秦氏房中午睡，於夢中恍惚隨他來到太虛幻境。後秦氏早逝，寧國府為其舉辦奢華葬禮。

圖片來源：
新唐人亞太電視台

# 金陵十二釵人物關係圖

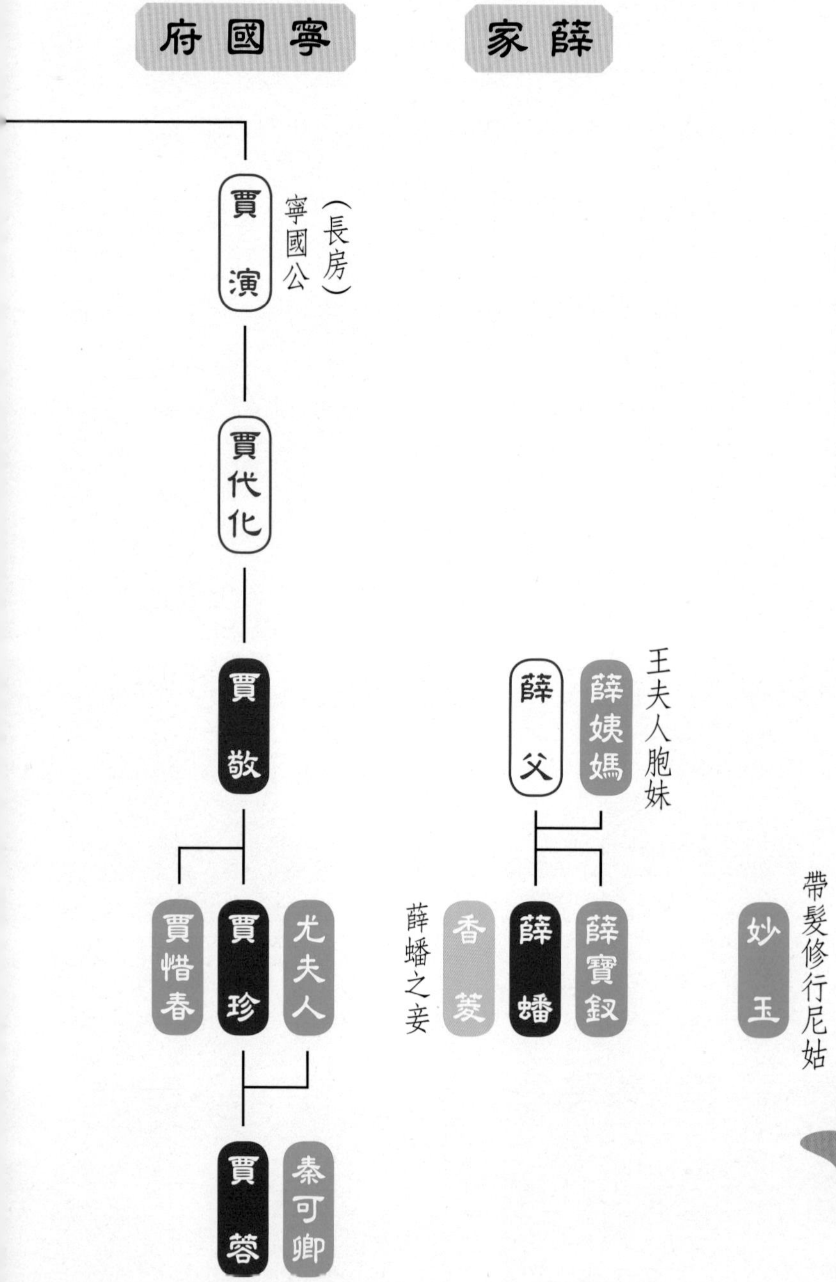
寧國府
薛家
賈演
（長房）寧國公
賈代化
賈敬
尤夫人
賈珍
賈惜春
秦可卿
賈蓉
王夫人胞妹
薛姨媽
薛父
薛寶釵
薛蟠
香菱
薛蟠之妾
帶髮修行尼姑
妙玉

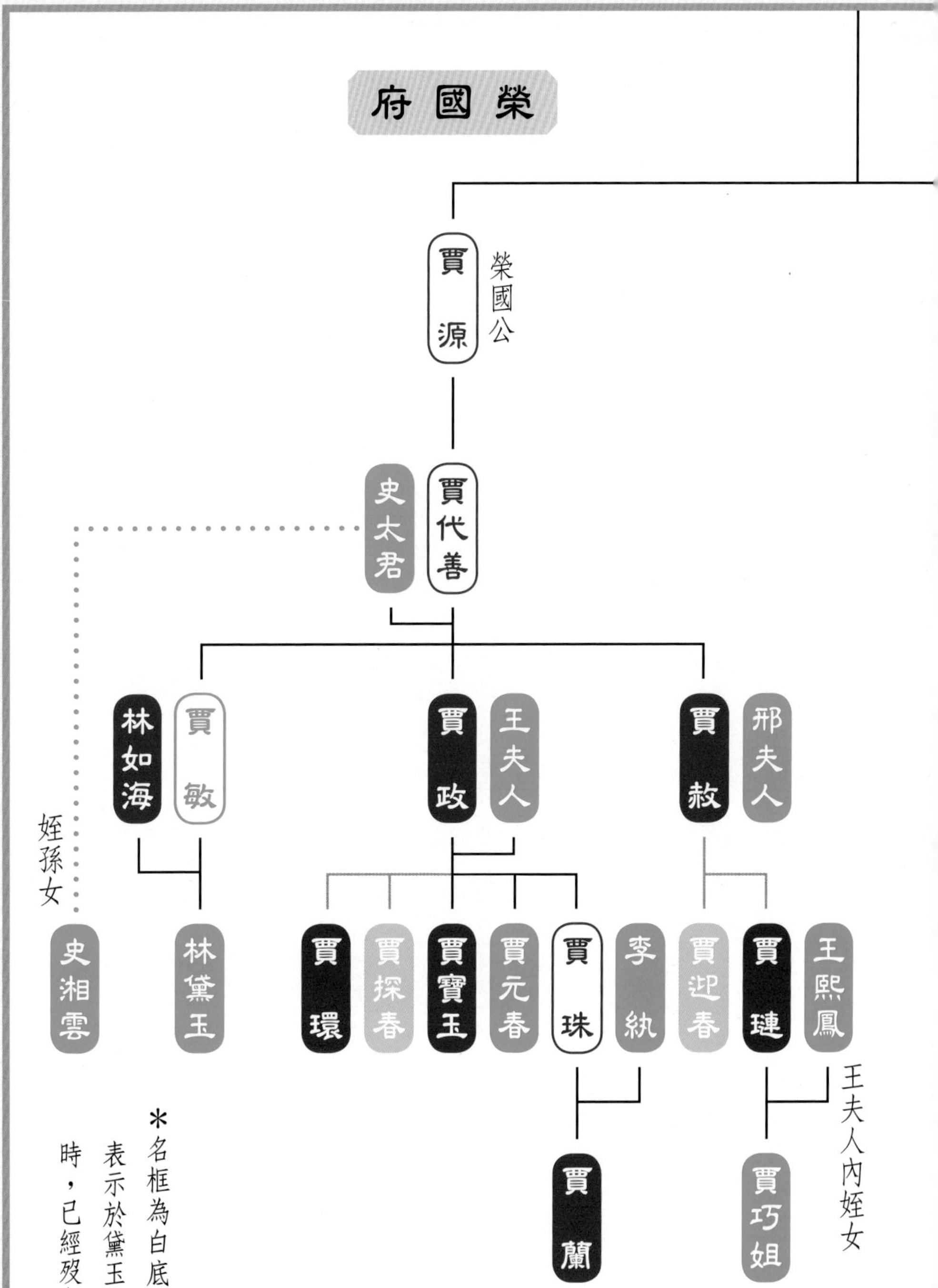


*名框為白底者，表示於黛玉進府時，已經歿逝。

## 《紅樓夢》故事簡介

**前世**　《紅樓夢》故事源起於女媧煉石補天時，女媧補天之後，最後剩餘一塊頑石無用，遂棄之於青埂峰，後經一僧一道將頑石幻變為「通靈寶玉」，隨神瑛侍者下凡遊歷人間，三生石畔的絳珠仙草聞訊亦隨之轉世，誓用一生的眼淚償還神瑛侍者的澆灌之恩，是為賈寶玉與林黛玉的「木石前盟」由來。

**榮國府**　神瑛侍者下凡後，轉世於金陵世族賈府之中，銜通靈寶玉出生於榮國府裡，取名為賈寶玉。賈氏先祖賈演、賈源乃一母同胞兄弟，皆為朝廷開國功臣，因此受封為寧國公、榮國公，後世襲爵，府邸座落首都金陵，東西為鄰，因此長房寧國府又被稱為東府，榮國府則稱為西府。榮國府現以賈母史太君為當家主母，賈寶玉為其嫡孫，史太君因憐惜外孫女林黛玉幼年喪母，遂將其接入榮國府中照護，與賈寶玉一處吃住成長，感情親厚，隨後，賈寶玉姨母薛姨媽亦攜子薛蟠、女寶釵進京，客居於榮國府之中，因薛寶釵自幼配戴金鎖，被寓意與賈寶玉的通靈寶玉是「金玉良姻」。

## 大觀園

一日，榮國府適逢賈政生辰，宮中傳旨賈府自幼入宮的長女元春被冊封為賢德妃，在元春封妃後不久，皇帝特允妃嬪回家省親，賈府遂在寧榮兩座府邸之間建造一處園林，園中修築院館，作為元妃省親回家時的休憩別墅，元妃省親時，將省親別墅賜名為「大觀園」，在元妃省親回宮後，想起大觀園園中景致，若就此封鎖，任其寥落，甚為可惜，便下諭家中姐妹入園居住，因賈寶玉自幼在姐妹之間長大，也命他一同進園居住讀書，進而發展出《紅樓夢》書中的許多情節故事與詩詞創作，隨著賈府權勢興衰更迭，大觀園景致亦由繁華轉為蕭條，推進了寶黛釵三人之間的愛情悲劇。

# 關於

# 中醫事典

文／鄧正梁

隨著《紅樓夢》故事情節推進，書中陸續記載了登場人物的飲食與病症，以及對應病症所用的藥方，本篇收錄了鄧正梁院長看《紅樓夢》一書的食醫觀點，從書中人物的飲食用藥談論中醫醫療養生。

## 菊花入詩也入藥

菊花清高，詩人歌詠；菊花入藥，自古有之。

中國人評價花的優劣，要從色、香、形、韻四方面去考慮，若在任一方面出眾者可稱為絕；菊花四絕皆備，是名花中的佼佼者。菊花千姿百態，色彩豐富，且不畏寒霜，宋朝詩人韓琦〈九日小閣〉詩：「莫嫌老圃秋容淡，且看黃花晚節香。」成語「晚節黃花」就是用菊花比喻一個人的晚節高尚。

紅樓夢第三十七回〈秋爽齋偶結海棠社　蘅蕪院夜擬菊花題〉寫大觀園內建立了詩社，詠了海棠，再詠菊，又詠蟹。詠菊的方面，共有憶菊、訪菊、種菊、對菊、供菊、詠菊、畫菊、問菊、簪菊、菊影、菊夢、殘菊等十二個題目。黛玉（瀟湘妃子）寫的詠菊、問菊與菊夢囊括前三名。我們來看看第一名的詠菊：

**詠　菊**

**無賴詩魔昏侵曉，繞籬欹石自沉音。**
**毫端蘊秀吟霜寫，口角噙香對月吟。**
**滿紙自憐題素怨，片言誰解訴秋心？**
**一從陶令評章後，千古高風說到今。**

黛玉將「千古高風」的菊花引為知己，好在「口角噙香對月吟」一句傾訴衷腸，詩寫得自然，有感染力。「滿紙自憐題素怨，片言誰解訴秋心？」寄託自己的幽怨寂寞；菊花詩反映了大觀園的文化生活情趣。

菊花入藥歷史久矣。中國第一本藥學著作《神農本草經》稱「鞠華」：味苦，平，主風，頭眩腫痛，目欲脫，淚出……。菊花歸肝肺二經，有疏風、清熱、明目、解毒的功效，對頭痛、眩暈、目赤、心胸煩熱、疔瘡、腫毒等都有功效。菊花性涼而清散，善清風熱，又肝開竅於目，所以亦為眼科要藥，治療肝經風熱所引發之眼疾，如目赤腫痛、眼白泛紅等症。

《本草綱目》記載，菊花「其苗可蔬，葉可啜，花可餌，根實可藥，囊之可枕，釀之可飲，自本至末，罔不有效。」整株上下皆有用，為群芳之上品，作枕明目降壓，釀酒強身健骨，泡茶消暑止渴、清涼解毒、清肝明目。

陶淵明十分喜愛菊花，他有詩句：「採菊東籬下，悠然見南山。」「酒能祛百慮，菊解制頹齡。如何蓬廬士，空視時運傾。」黛玉寫的「千古高風說到今」，高風又指菊花，又指陶淵明，如菊花般不畏風霜，孤高自芳。

## 黛玉失眠——用天王補心丹

汪昂是明末清初著名醫學家，初名恆，字訒庵，休寧縣城西門人，他在1694年刊出《湯頭歌訣》這一流傳極廣的醫方著作，以七言歌訣的形式加以歸納和概括，其中對「天王補心丹」有這樣的描述：

天王賜下補心丹，為憫山僧講課難，二冬歸地酸柏遠，三蔘苓桔味為丸。

方中由天冬、人蔘、茯苓、玄蔘、丹蔘、遠志、桔梗、當歸、五味子、麥冬、柏子仁、酸棗仁、生地等藥為末，煉蜜為丸，如梧桐子大，用硃砂為衣，臨臥時用竹葉湯服下。這方首見於《攝生秘剖》，是明末儒醫洪基所撰的一部養生專著。

相傳此方授予終南山的寺僧，夢中得到此方，醒後趕緊記下，可以滋陰清熱，補心安神，對於誦經勞心，睡眠不安有奇效，現代廣泛應用於失眠的治療。

紅樓夢第二十六回〈蜂腰橋設言傳密意　湘館春困發幽情〉描述林黛玉又因一些瑣事，患得患失，心煩不寐。話說黛玉到怡紅院找寶玉，敲門後丫鬟晴雯沒發現是黛玉，使著性子說：「憑你是誰，二爺吩咐的，一概不許放人進來呢！」黛玉聽了，突然氣怔在門外，竟開始顧盼自憐起來：「雖說是舅母家如同自己家一樣，到底是客邊。如今父母雙亡，無依無靠，現在他家依棲。如今認真淘氣，也覺沒趣。」邊想淚珠便滾了下來，正在回去也不是，站著也不是時，聽到寶玉、寶釵一陣笑語之聲，便越想越氣，越想越傷感，「也不顧蒼苔露冷，花徑風寒，獨立牆角邊花陰之下，悲悲戚戚嗚咽起來。」黛玉哭起來那真可夠傷心的了，「那附近柳枝花朵上的宿鳥棲鴉一聞此聲，俱忒楞楞飛起遠避，不忍再聽。」連烏鴉都不忍再聽下去了。傷心起來，哪能消停！當晚真是含淚失眠，「那林黛玉倚著床欄杆，兩手抱著膝，眼睛含著淚，好似木雕泥塑的一般，直坐到三更多天，方才睡了。一宿無話。」

黛玉的心煩失眠，後來請了鮑太醫來看看，寶玉淘氣的猜測黛玉到底是吃什麼藥，從常用的人蔘養榮丸，猜到八珍益母丸、左歸丸、右歸丸、麥味地黃丸，都沒有猜著；最後寶釵笑道：「想是天王補心丹。」終於猜對了。

天王補心丹配伍十分嚴謹，因為心主神明，舉凡出現心悸怔忡、失眠健忘，神衰因火為患之症，必先清其火而神始安；心腎不足、虛煩神疲、不寐盜汗，又需滋陰清熱，方中以生地、玄蔘為主藥，補腎水以伏火，讓心神不為虛火所擾，丹蔘、當歸補血養心，人蔘、茯苓益心氣，柏子仁、遠志安心神，天冬、麥冬甘寒清虛火，五味子、酸棗仁酸溫歛心氣，心氣平則神安，桔梗載藥上行，硃砂入心安神，共成滋陰清虛火之神效。藥丸以硃砂為衣，本是鎮心安神，因其含有硫化汞，故現代社會多去硃砂，療效還是相當不錯。

## 妙玉品茶

《神農本草經》在序中記載道：「神農嚐百草，日遇七十二毒，得茶而解之。」因此自古就有神農發現茶葉之說。公元前八世紀的《詩經》記載：「誰謂茶苦，其甘如薺。」陸羽《茶經》有「茶之為飲，發乎神農氏，聞於魯周公」的記載。中國人認為開門七件事「柴米油鹽醬醋茶」，在在都表明了飲茶在中國文化中不可缺席的地位。

《紅樓夢》中記載了許多種茶，在太虛幻境時就有「千紅一窟茶」，警幻道：「此茶出在放春山遺香洞，又以仙花靈葉上所帶之宿露而烹。」人間應是沒有。還有楓露茶、香茶、六安茶、老君眉、杏仁茶、普洱茶、女兒茶、麵茶、龍井茶等等，種類很多。但曹雪芹不是在為寫茶而寫茶，而是用茶來烘托氣氛，表現書中人物的身分地位、個性心理，表現了清代飲茶風俗。

妙玉是一位帶髮修行的尼姑，本是仕宦人家小姐，極端美麗、博學、聰穎，但也極端孤傲、清高、不合群。她對品茶頗有一番見解；在與賈母「品茶櫳翠庵」時，妙玉被問到用何水泡茶，妙玉答道：「舊年蠲的雨水。」後與寶釵、黛玉等喝體己茶時，收的是梅花上雪化的水，「這是五年前我在玄墓蟠香寺住著收的梅花上的雪，統共得了那一鬼臉青的花甕一甕，總捨不得吃，埋在地下，今年夏天才開了。我只吃過一回，這是第二回了。你怎麼嚐不出來？隔年蠲的雨水，那有這樣清淳？如何吃得？」雪水、雨水自是極好，但來源甚少，想從梅花上掃下來的雪是多麼少！

「又見妙玉另拿出兩隻杯來。一個旁邊有一耳，杯上鐫著『𠊎斝』三個隸字，後有一行小真字，是『王愷珍玩』；又有『宋元豐五年四月眉山蘇軾見於祕府』一行小字。」王愷是晉代富豪，蘇軾又是北宋大文豪，光這兩項就價值連城，「妙玉斟了一斝，遞與寶釵。那一隻形似缽而小，也有三個垂珠篆字，鐫著『點犀』。妙玉斟了一與黛玉，仍將前番自己常日吃茶的那只綠玉斗來斟與寶玉。寶玉笑道：『常言世法平等。他兩個就用那樣古玩奇珍，我就是個俗器了。』妙玉道：『這是俗器？不是我說狂話：只怕你家裏未必找的出這麼一個俗器來呢。』寶玉笑道：『俗語說，隨鄉入鄉，到了你這裏，自然把這金珠玉寶一概貶為俗器了。』」由此可見，妙玉出身也非同尋常，「氣質美如蘭，才華阜比仙」，她既非賈、史、王、薛四大家族，亦非嫁到其中女子，卻列入十二金釵的第六位，可能是生於世宦大家，並與賈府有世交，又由於父親戴罪、家破人亡遂藏匿於賈府。

妙玉對飲茶的高論，曾調笑寶玉說：「豈不聞一杯為品，二杯即是解渴的蠢物，三杯就是飲牛飲騾的了。你吃這一海，便成什麼？」強調了品茶，而不為喝茶或飲茶。

## 由夏金桂之死談砷中毒

《紅樓夢》中夏金桂這潑婦嫁給薛蟠，外號「河東獅」。《紅樓夢》的第七十九回描述夏金桂：「愛自己尊若菩薩，窺他人穢如糞土；外具花柳之姿，內秉風雷之性。」具有「盜蹠性氣」，既潑悍、善妒且濫淫的女性形象。她沒有像李紈幼年那樣讀些《女四書》、《列女傳》、《賢媛集》等教導女子做個名媛淑女的書，幼時的不良教育導致她成年之後獨斷專行、驕橫無禮、凶狠殘忍。

薛蟠打死人被下在牢裏，她又耐不住寂寞，第一百三回〈施毒計金桂自焚身　昧真禪雨村空遇舊〉：「那金桂原是個水性人兒，那裏守得住空房？況兼天天心裏想念薛蝌，便有些飢不擇食的光景。」

她又極端嫉妒香菱，不時折磨她，最後想用砒霜毒死她，但香菱僥倖躲過，夏金桂倒把自己毒死了；薛姨媽對著賈璉說：「我忙著看去，只見媳婦鼻子眼睛裏都流出血來，在地下亂滾，兩隻手在心口裏亂抓，兩隻腳亂蹬，把我就嚇死了！問她也說不出來，鬧了一會兒就死了。」金桂的母親來看時：「只見滿臉黑血，直挺挺的躺在炕上，便叫哭起來。」

金桂的死因是急性砒霜中毒，砒霜是一種無臭無味的砷化合物，學名是三氧化二砷，又稱為信石。純度高的砒霜是白色粉末，純度不高的呈現紅色或紅黃色，因含硫化砷的關係，俗稱紅砒、紅信石。砷化合物在類金屬毒物中占有重要地位，常見的有砒霜、亞砷酸鈉、亞砷酸鈣、砷酸鈣、砷酸鉛、雄黃、雌黃、五氧化二砷、巴黎綠等，其中以砒霜的毒性最強。純砒霜看起來很像食鹽、麵粉，混入食品中不易被發覺，因此有時會被誤服，或者是被壞人利用投毒，如拿破崙被放逐到聖赫勒拿島後，於1821年死於嚴重胃潰瘍，普遍認為是波旁王朝為阻止拿破崙重返法國，買通侍從人員在拿破崙專飲橡木桶葡萄酒裏放砒霜，而負責囚禁監管的英國人員又失察，導致拿破崙被暗殺。

砷中毒除砒霜外，一般很少急性中毒，都是慢性中毒；砷在很多工業製程中都會產生，如乙炔的生產使用、金屬製品的酸洗、蓄電池的充電等，三氧化二砷常用在殺蟲劑、除鏽劑、防腐劑與玻璃的脫色劑，這些容易讓人吸入毒物或皮膚接觸產生慢性中毒。

砷中毒的症狀有頭痛、意識不清、嚴重腹瀉，最後昏迷。開始的時候，手指會抽搐，指甲會變白，若體內砷濃度突然變高，會產生腹瀉、嘔吐、血尿、肌肉痙攣痛、掉髮、胃痛與抽搐，能在一小時內導致死亡。慢性砷中毒，體內的器官也會逐漸衰竭，尤其是肺臟、腎臟與肝臟，皮膚也會角質化、色素沉著及癌前期變化。慢性砷中毒還與心臟病、高血壓、癌症、中風、呼吸道疾病與糖尿病有關係。

## 黛玉中暑——香薷飲解暑熱感寒

打醮是道士設壇為人做法事，求福禳災的一種法事活動。《紅樓夢》第二十九回〈享福人福深還禱福　多情女情重愈斟情〉中提到：「鳳姐兒來了，因說起初一日在清虛觀打醮的事來，約著寶釵、寶玉、黛玉等看戲去。寶釵笑道：『罷，罷。怪熱的，什麼沒看過的戲，我不去。』」賈母、鳳姐、寶釵、寶玉、黛玉等人之後都到了清虛觀，賈珍也來了，卻不見自己的兒子，連忙問道：「怎麼不見蓉兒？」「一聲未了，只見賈蓉從鐘樓裏跑出來了。賈珍道：『你瞧瞧！我這裏沒熱，他倒涼快去了！』喝命家人啐他。那小廝們都知道賈珍素日的性子違拗不得，就有個小廝上來向賈蓉臉上啐了一口。賈珍還瞪著他，那小廝便問賈蓉：『爺還不怕熱，哥兒怎麼先涼快去了？』賈蓉垂著手，一聲不敢言語。那賈芸、賈萍、賈芹等聽見了，不但他們慌了，並賈璉、賈蝙、賈瓊等也都忙了，一個一個都從牆根兒底下慢慢的溜下來了。」這說明了，天氣的確是很熱，大家都躲暑去了。

到清虛觀打醮的事，是正式場合，江南悶熱難當，當時無空調電扇，衣著要整齊清潔，一絲不苟，不得露胳膊露腿，這是導致黛玉中暑的外因；加上黛玉本身體質虛弱，有慢性病；又張道士給寶玉送了一個「赤金點翠的麒麟」，還幫寶玉提親：「前日在一個人家看見一位小姐，今年15歲了，生的倒也好個模樣兒。我想著哥兒也該尋親事了。若論這個小姐模樣兒，聰明智慧，根基家當，倒也配的過。但不知老太太怎麼樣，小道也不敢造次。等請了老太太的示下，才敢向人去說。」這樣，除了寶釵、史湘雲，黛玉在婚姻方面又多了一位競爭對手，視愛情為生命的她，禁不住這精神折磨，也是造成中暑的內因。

中暑在中醫與西醫的觀點不是完全一樣，在西醫的詮釋，中暑（heat stroke）是攸關性命的嚴重急病，體溫超過攝氏 40.6 度，原因是在高溫環境中待得過久，症狀有皮膚乾燥、心跳急而快、頭暈等，此時溫度調節已失去控制，若不再轉換到較涼爽的環境，會促成死亡。

中醫的中暑，定義沒這麼嚴格，就是俗話說的熱到，有時還因為暑熱貪涼，上吐下瀉，或吃不下飯，或感寒而頭暈頭痛。中醫夏日中暑的藥方中常會用到「香薷飲」，由香薷、厚朴、白扁豆三味藥組成，香薷是略為辛溫之藥，厚朴、白扁豆是腸胃藥，這完全適用於貪涼引起的頭痛、飲食不下的症狀。清虛觀打醮之後，黛玉心病一發：「一行哭著，一行聽了這話說到自己心坎兒上來，可見寶玉連襲人不如，越發傷心大哭起來。心裏一煩惱，方才吃的香薷飲解暑湯便承受不住，『哇』的一聲都吐了出來。」

## 失精傷身

前一陣子湖北有一位醫學博士生因捐精事件猝死，在網路上引起熱議。其實一個人猝死的原因不外乎心血管疾病，如心肌梗塞、中風、血管瘤爆裂之類的，失精只會使人衰弱，不會猝死的，不過的確會斬傷人的天真氣血，古人告誡再三有之。

首先唐代名醫孫思邈在《備急千金要方》中勸人要節欲養性保精，「四十以上，常固精氣不耗，可以不老。」常固精氣可以減緩衰老，讓人看起來年輕。試想中國歷代帝王平均壽命才39歲，倒不都是憂國憂民、積勞成疾，坐擁三宮後院也是對帝王壽命耗損的一個因素。

腎主藏精，司封藏之職，若精氣耗損太大，腎精虧虛，封藏失司，人就容易滑精，所謂心馳神搖、精氣外洩，稍有色欲的干擾，精就外漏。《紅樓夢》中就有賈瑞滑精，最後魂歸西天的例子。

《紅樓夢》中對賈瑞有些描寫：「原來這賈瑞最是個圖便宜沒行止的人，每在學中以公報私，勒索子弟們請他；後又附助著薛蟠，圖些錢鈔酒肉，一任薛蟠橫行霸道，他不但不去管約，反『助紂為虐』討好兒。」第十一回〈見熙鳳賈瑞起淫心〉賈瑞開始有了非分之想：「鳳姐兒正看園中景致，一步步行來讚賞，猛然從假山石後走過一個人來，向前對鳳姐說道：『請嫂子安。……也是合該我與嫂子有緣。我方才偷出了席，在這個清淨地方，略散一散，不想就遇見嫂子，這不是有緣麼？』一面說，一面拿眼睛不住的覷看鳳姐。」

王熙鳳「一雙丹鳳三角眼，兩彎柳葉吊梢眉；身量苗條，體格風騷；粉面含春威不露，丹唇未啟笑先開。」或許賈瑞看上了王熙鳳的容貌，想與她調情，但是王熙鳳十分看重出身門第，賈瑞在其心中不過是隻癩蝦蟆，無法容忍其不拘禮數的行為，在自己狠毒、貪婪、虛偽的個性驅使下，非要置賈瑞於死地不可：「哪裏有這樣禽獸似的人呢？他果如此，等幾時叫他死在我手裏，他才知道我的手段！」

一開始賈瑞半夜被鳳姐關在榮國府穿堂，正值臘月天氣，朔風凜冽，一夜不曾凍死。回去後他爺爺認定他在外非飲即賭、嫖娼宿妓，發狠打了他三、四十板，但過兩日，又像被牽了魂似的去找鳳姐，被一桶尿糞澆潑全身，魂身冰冷打顫，如此越陷越深，經常胡思亂想，「指頭兒告了消乏」，一直瀉精，還患了一場大病，病情越來越重，魂夢顛倒，滿口胡話，驚怖異常，百般請醫問藥，仍是虛汗淋漓罔效，但還對著風月寶鑑之鏡不斷的意淫：「只見鳳姐還招手叫他，他又進去：如此三、四次。到了這次，剛要出鏡子來，只見兩個人走來，拿鐵鎖把他套住，拉了就走。賈瑞叫道：『讓我拿了鏡子再走……』只說得這句，就再不能說話了……眾人上來看時，已經沒了氣了，身子底下冰涼漬濕一大灘精，這才忙著穿衣抬床……」

## 元春的痰厥之症

人有生老病死，加上人間是個多情世界，豈是一個苦字了得。作家在刻劃一個人物的時候，常會伴著惋惜與不捨，覺得人生怎麼這麼多災難與戚愁。曹雪芹在刻劃賈府四姊妹時，更是充滿了嘆息：「原應嘆息」，賈家四姐妹元春、迎春、探春、惜春名字連起來的諧音。賈元春是《紅樓夢》中賈政與王夫人的女兒，賈寶玉的同胞姐姐，因生於正月初一，所以名元春，她曾教寶玉認字，後來應選入宮，被封為鳳藻宮尚書，加封賢德妃。後來皇帝特許她回娘家省親，賈家因此造了大觀園，其中多處建築由元春省親時親自賜名。但在這一片繁華似錦的場景中，仍暗藏著元春的不幸。

紅樓夢第五回〈飲仙醪演曲紅樓夢〉中的第四曲〈恨無常〉暗示著元春的命運：「喜榮華正好，恨無常又到。眼睜睜，把萬事全拋。

蕩悠悠。芳魂銷耗。望家鄉，路遠山高，故向爹娘夢裏相尋告：兒命已入黃泉，須要退步抽身早！」

紅樓夢第九十五回〈因訛成實元妃薨逝〉中提到，「忽一天，賈政進來，滿臉淚浪，喘吁吁的說道：『你快去稟知老太太，即刻進宮！不用多人的，是你服侍進去。因娘娘忽得暴疾，現在太監在外立等。他說：太醫院已經奏明痰厥，不能醫治。』王夫人聽說，便大哭起來。賈政道：『這不是哭的時候，快快去請老太太。說得寬緩些，不要嚇壞了老人家。』」

痰厥是厥症的一種，指突然昏倒、四肢冰冷，原因是痰濁壅塞所導致，多見於肥胖體豐之人。「且說元春自選了鳳藻宮後，聖眷隆重，身體發福，未免舉動費力。每日起居勞乏，時發痰疾。因前日侍宴回宮，偶沾寒氣，勾起舊病。不料此回甚屬利害，竟至痰氣壅塞，四肢厥冷。一面奏明，即召太醫治調。豈知湯藥不進，連用通關之劑，並不見效。內官憂慮，奏請預辦後事，所以傳旨命賈氏椒房進見。」使用通關之劑，可見大小便都出了問題。「賈母王夫人遵旨進宮，見元妃痰塞口涎，不能言語。見了賈母，只有悲泣之狀，卻沒眼淚。賈母進前請安，奏些寬慰的話。少時賈政等職名遞進，宮嬪傳奏，元妃目不能顧，漸漸臉色改變。」元妃神色已失，最後魂歸西天，終年四十三歲。

元春的判詞：「二十年來辯是非，榴花開外照宮闈。三春爭及初春景，虎兕相逢大夢歸。」也有學者認為，元春因宮廷鬥爭，洩露了可卿身分是被廢太子的女兒，所以牽扯而亡，死時才31歲，但這又是題外之話；不論真相如何，皇宮貴族痰盛肥胖的不在少數，一方面宮中錦衣玉食，每天的肥甘厚味，處處有人伺候，體力活動甚少，外表發福，當然血管也會硬化，高血脂症、痛風、代謝不良的症狀接踵而至。

中醫認為瘦人多火、肥人多痰；北方朔風凜冽，若陽氣不足，抗寒能力不夠，得了傷風感冒，痰濁壅肺，併發呼吸道疾病，如肺炎，支氣管發炎，藥力不及，病邪深入，併發痰厥，人就一命歸天了！

## 林黛玉中暑

中暑會讓人元氣大傷，嚴重時甚至死亡，應留意及時消暑。

時序進入小滿之後，天氣就漸漸地炎熱，接下來就是標準的夏天，芒種（6月5日）與夏至（6月21日）。夏至一陰生，夏至時太陽直射北回歸線，北半球白晝最長，隨後陽光直射位置向南移動，白晝漸短。《漢學堂經解》所集崔靈恩《三禮義宗》：「夏至為中者，至有三義：一以明陽氣之至極，二以明陰氣之始至，三以明日行之北至。故謂之至。」

《紅樓夢》二十九回談到賈府一干人至清虛觀打醮的事，陣勢十分龐大：「少時，賈母等出來。賈母獨坐一乘八人大亮轎，李氏、鳳姐兒、薛姨媽，每人一乘四人轎，寶釵、黛玉二人共坐一輛翠蓋珠纓八寶車，迎春、探春、惜春三人共坐一輛朱輪華蓋車……烏壓壓的占了一街的車。」當時是黃曆五月初一，離端午節五月初五已經很近了，天氣十分的炎熱。但清虛觀打醮是正式場合，需一絲不苟，又林黛玉本體質虛弱，對氣候變化的耐受力不好，還有張道士給寶玉提親，讓黛玉又多了一層心理負擔，種種原因，黛玉便中暑了。

中暑嚴重會讓人元氣大傷，甚至是死亡，所以不可不防。發生中暑一般氣溫要高於30℃，相對濕度超過72%，持續三天以上。中暑可分為先兆中暑、輕症中暑、重症中暑；最嚴重的當然是最後者，其又可分為中暑衰竭與中暑痙攣、日射病與中暑高熱等。

先兆中暑有出汗、胸悶、心悸、噁心、四肢無力與體溫升高等。體溫通常在37.5℃左右，若升高到38℃以上，就是輕症中暑了，表示內熱越來越重，面紅皮膚灼熱越來越明顯。此時趕快移到陰涼處休息，補充電解質與水分，短時間就可以恢復。內服中藥可用甘露飲、甘露消毒丹、白茅根等清內熱。

若是重症中暑，就可能有生命危險了，常伴有昏厥、痙攣與高熱發生，因此分成四種類型。中暑衰竭表現為軟弱無力、血壓下降與意識模糊或昏迷；中暑痙攣就是許多肌肉痙攣疼痛，特別是腓腸肌抽痛；日射病是長時間日曬，腦組織有充血與水腫，大腦溫度可達40～42℃，患者有劇烈頭痛、嘔吐、煩躁不安、昏厥等；中暑高熱體溫高達40～42℃，顏面潮紅灼熱，皮膚乾燥無汗，可伴隨有譫妄、昏厥，嚴重的可能死亡。

夏日暑熱難耐，發現自己有可能中暑過熱現象，應立刻移至通風陰涼的地方，平臥休息。高熱者可用井水或冰水、酒精擦拭皮膚，或在頸部、腋窩與腹股溝等大血管處放置冷毛巾或冰袋，加速散熱；看情況不對，要立刻去醫院就診。

## 珍珠美白清熱

珍珠自古以來就為人們所喜愛，具有瑰麗的色彩和高雅的氣質，象徵著健康、純潔、富有和幸福，富貴人家自然少不了它。

《紅樓夢》第九十二回〈評女傳巧姐慕賢良　玩母珠賈政參聚散〉，馮紫英受朋友之託，帶了四件西洋貢品去見賈政，其中一件為珍珠：「馮紫英道，小侄與老伯久不見面。一來會會，二來因廣西的同知進來引見，帶了四種洋貨，可以做得貢的。一件是圍屏，有二十四扇子，都是紫檀雕刻的。……還有一個鐘錶，有三尺多高，也是一個小童兒拿著時辰牌，到了什麼時候，他就報什麼時辰。……身邊拿出一個錦匣子，見幾重白綿裹著，揭開了綿子，第一層是一個玻璃盒子，裏頭金托子，大紅縐綢托底，上放著一顆桂圓大的珠子，光華耀目。馮紫英道：『據說這就叫做母珠。』因叫拿一個盤兒來。詹光即忙端過一個黑漆茶盤，道：『使得麼？』馮紫英道：『使得。』便又向懷裏掏出一個白綃包兒，將包兒裏的珠子都倒在盤裏散著，把那顆母珠擱在中間，將盤置於桌上。看見那些小珠子兒滴溜滴溜滾到大珠身邊來，一回兒把這顆大珠子抬高了，別處的小珠子一顆也不剩，都黏在大珠上……馮紫英道：『這叫做鮫綃帳。』在匣子裏拿出來時，疊得長不滿五寸，厚不上半寸……』

珍珠，又名真珠、蚌珠，梵文為「mani」，歷來就被視為不可多得的寶貝，晶瑩璀璨，熠熠生輝，顏色也有變化，有銀白、淺藍、黃白、淡粉紅、棕色、綠色等，不論哪一種顏色，色彩均絢麗；還有罕見的黑珍珠，是珍珠中珍品之珍品，價格不菲，歷來為收藏家所青睞。珍珠是由軟體動物，主要是牡蠣，所產出的堅硬圓滑之物，不同的顏色是由透明的珍珠質反射與衍射所成。在特定的軟體動物，上皮細胞會分泌類碳酸鈣的珍珠質，若有砂粒或異物入侵時，就會分泌一層一層將之包裹，時間久了就成珍珠。

珍珠味甘鹹寒，退心肝二經之火，可鎮定安神、解毒生肌，常用來治療驚悸驚風、煩渴與瘡瘍久不收口等，宋寇宗奭所撰《本草衍義》指出：「小兒驚熱藥中多用。」李時珍的《本草綱目》：「安魂魄；止遺精白濁，解痘療毒。」珍珠還有很好的美容養顏作用，《本草綱目》記載：「氣味甘，無毒，塗面令人潤澤好顏色，除面痘。」慈禧太后常服珍珠，每周一銀匙，數十年不斷。

《紅樓夢》第二十八回中記載呆霸王薛蟠曾經為了一個方子，折騰了好幾年，花了近千兩銀子，其中的珍珠，也要從珠花上掐，只因要取頭上戴過的。書中鳳姐說道：「不然我也買幾顆珍珠了，只是定要頭上帶過的，所以來和你尋。」他說：「妹妹，若沒散的，花兒上也得，掐下來，過後兒我揀好的再給妹妹穿了來。」此種豪華奢侈，也讓人知道了富貴人家的排場。

## 王熙鳳為何早殞？

王熙鳳在《紅樓夢》中是一個很重要的角色，全書至少一半以上章回都提到鳳姐，回目見鳳姐名也高達11次；鳳姐精明能幹，威重令行，但卻短命早亡，18歲出場時還是年輕的媳婦，25歲死時仍「天天查三防四」，操勞不息，心力交瘁地離開人世。

孔子在解釋「仁者壽」的概念時提到：仁者行動有節，合乎道義，喜怒適時，立身行事有操守，懂得培養自己高尚的性情，這樣他們得享長壽，不也是合乎道理的嗎？由孔子的言論，可以知道人壽命的高低，不是全用身體強健的程度來衡定的，性情的高尚，也是決定壽命的一項非常重要的因素。王熙鳳恰恰在這點上敗得很慘，壞事做多，到後來騎虎難下，在擔心受怕妒恨中不得不與人世告別。

首先，在害死人命上，「毒設相思局」害死了賈瑞的性命；《紅樓夢》第十五回〈王鳳姐弄權鐵檻寺　秦鯨卿得趣饅頭庵〉，鳳姐活活拆散了一對痴情戀人，張金哥自縊，守備之子投河，兩條年輕鮮活的生命，在王熙鳳清點銀子玩弄權術之間灰飛煙滅，張財主人財兩空，王熙鳳卻仍坐享三千兩白銀，事前還對拜託她的老尼說：「你是素日知道我的，從來不信什麼陰騭司地獄報的；憑你什麼事，我說要行就行。你叫他拿三千兩銀子來，我就替他出這口氣。」「你瞧瞧我忙的，那一處少了我？既應了你，自然給你快快的了結。」

在「苦尤娘賺入大觀園」，王熙鳳一面哄騙尤二姐搬進榮國府同住，又間接的逼尤二姐走上絕路，吞金自盡，就像賈璉的心腹小廝興兒形容王熙鳳的為人：「提起我們奶奶來，心裏歹毒，口裏尖快。」「嘴甜心苦，兩面三刀，上頭一臉笑，腳下使絆子，明是一盆火，暗是一把刀：都占全了。」

王熙鳳自弄權鐵鑑寺後，膽子愈壯，諸如此類的收受賄絡、內剝外刮，真是不可勝數，一堆人為了得到好處向鳳姐行賄；到了一百〇五回〈錦衣軍查抄寧國府〉時，「獨見鳳姐先前圓睜兩眼聽著，後來一仰身，便栽倒地下。」就是因為她積攢的都是不義之財，作賊心虛，錦衣軍尚未動，便已嚇得魂飛魄散。後來從王熙鳳房間裏查出了大批的贓物。

王熙鳳雖然能幹，卻忙得過勞，睡眠很少，例如在辦理秦可卿喪禮上：「忙的鳳姐茶飯無心，坐臥不寧。到了寧府裏，這邊榮府的人跟著；回到榮府裏，那邊寧府的人又跟著。鳳姐雖然如此之忙，只因素性好勝，惟恐落人褒貶，故費盡精神，籌畫的十分整齊，於是，合族中上下無不稱歎。」又鳳姐平日從不看病，諱疾忌醫，不知休養，以致小病釀大病，氣血耗損，種種原因，導致英年早夭。曲文〈聰明誤〉道：「機關算盡太聰明，反算了卿卿性命。生前心已碎，死後性空靈。家富人寧，終有個，家亡人散各奔騰。枉費了，意懸懸半世心；好一似，蕩悠悠三更夢。忽喇喇如大廈傾，昏慘慘似燈將盡。呀！一場歡喜忽悲辛。嘆人世，終難定！」

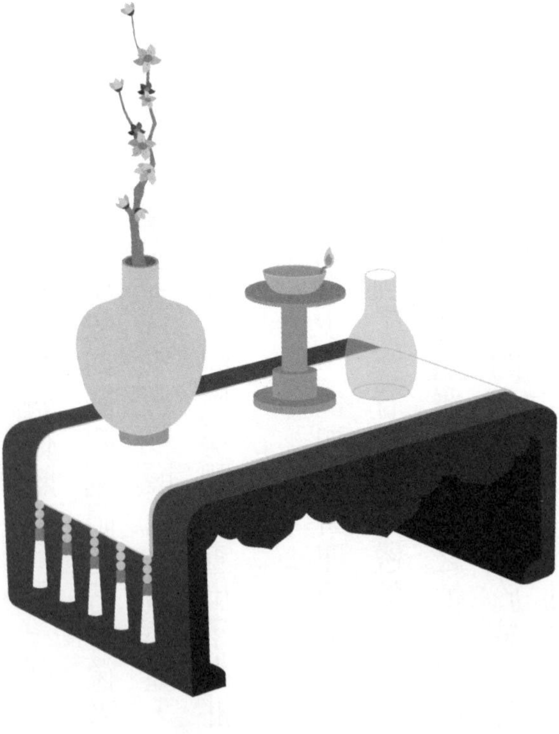

## 《紅樓夢》魂飛夢縈

中國四大名著之一的《紅樓夢》，原名是《石頭記》，書中提到的書名還有《情僧錄》、《風月寶鑑》、《金陵十二釵》等等。最終流傳的書名，並為大眾所接受的，還是《紅樓夢》，或許書中始終以夢貫穿全書，以此揭示主題仍最為人們所接受。

書中最長的夢是第五回〈賈寶玉神遊太虛境　警幻仙曲演紅樓夢〉，「那寶玉纔合上眼，便恍恍惚惚的睡去」夢中清清楚楚地見到十二個女舞者演奏新制紅樓夢十二支，也就是演唱出金陵十二釵一生的命運，連最後的人事非、鳥獸散的場景都預唱出來了：「為官的，家業凋零；富貴的，金銀散盡；有恩的，死裏逃生；無情的，分明報應；欠命的，命已還；欠淚的，淚已盡；冤冤相報實非輕，分離聚合皆前定。欲知命短問前生，老來富貴也真僥倖。看破的，遁入空門；

痴迷的，枉送了性命：好一似食盡鳥投林，落了片白茫茫大地真乾淨！」直到寶玉夢中有許多夜叉海鬼追他，眼看要被拖下去之時：「嚇得寶玉汗下如雨，一面失聲喊叫：『可卿救我！』嚇得襲人輩眾丫鬟忙上來摟住，叫：『寶玉，不怕，我們在這裏呢。』」

第八十二回〈老學究講義警頑心　病瀟湘痴魂驚惡夢〉林黛玉夾雜在不安全感與對寶玉的思念之情的情緒中，不知何故有個噩夢，恍恍惚惚間，聽到有人跟她道喜，順便來送行，說道黛玉父親高升又續弦，要派人將之接到江南。黛玉當下心裏抵抗，寧死不從，想著是繼母，又非親娘，而且一心想嫁給寶玉，見到更是立刻興師問罪起來，責難是無情無義之人！寶玉為證明自己的真心，拿刀在胸口一劃，想掏出心肺給黛玉瞧瞧，不料手伸進去捉了老半天，竟然無心無肺，寶玉心想這下活不成了，心是空的。正當黛玉放聲大哭，心念俱灰之際，突然發現是夢魘一場，但這夢境也隱約透露了黛玉淒涼的下場。

夢在中醫臨床來說，適量是正常的，因為日有所思，夜有所夢，睡眠周期在快速動眼的淺眠期，大腦可清楚感受並意識到夢境的真實性，有些夢真的是逼真到切切實實就在眼前；但在一般睡眠情況下，眠較深時，除非當下被吵醒或叫醒，否則夢境在醒來後是完全感受不到的。

有些人的睡眠品質不好，整夜都是淺眠期，夢境比真實生活還精采，且在不同的心境還會出現不同的夢境，如《素問脈要精微論》中提到：「是知陰盛則夢涉大水恐懼，陽盛則夢大火燔灼，陰陽俱盛則夢相殺毀傷。上盛則夢飛，下盛則夢墮，甚飽則夢予，甚飢則夢取，肝氣盛則夢怒，肺氣盛則夢哭，短蟲多則夢聚眾，長蟲多則夢相擊毀傷。」陽入於陰則寐，陽出於陰則寤，陰虛陽亢，睡眠不佳。要養陰清肝瀉火，方能一覺安睡到天明。

## 秦可卿憂慮傷脾

人有七情，喜怒憂思悲恐驚，是人精神活動的具體表現，在正常情況下，表現有節制，無礙健康，但七情太過，就會影響人的生理功能進而產生疾病，如《內經》中提到的「怒傷肝、喜傷心、思傷脾、憂傷肺、恐傷腎」，七情太過，也會使人氣機變亂，如「怒則氣上、喜則氣緩、悲則氣消、恐則氣下、驚則氣亂、思則氣結」。情緒影響人的身體可說是明顯的，「悲哀憂愁則心動，心動則五臟六腑皆搖」，人體要健康，首先要注重修身養性，讓情緒穩定，保持一顆祥和慈善的心。

秦可卿是從「養生堂」抱來領養的，但也是金陵十二釵之一，《紅樓夢》形容她道：「長大時，生的形容嫋娜，性格風流。因素與賈家有些瓜葛，故結了親，許與賈蓉為妻。」根據紅學專家研究，秦可卿是《紅樓夢》中不可或缺的人物，是跟雍正爭皇位失利的王爺的女兒，為躲盤查，將其送到養生堂，求助於賈府，賈母冒著風險，決定設法收留。秦可卿實為皇族後裔，因此出身卑微貧寒又高貴，長大後漸漸自知處境的不妙，養成一種危機感、心細逞強的性格，極會察言觀色，溫柔和平又「會行事兒」的本領。但不幸，她的公公賈珍與丈夫賈蓉都是衣冠禽獸，賈珍又對其有非分之想，對秦可卿的挑逗，每次都將其推入憂慮絕望的深淵。最後秦可卿罹患了一場大病，自縊身亡。

太醫張友士在對秦可卿診脈後有一番言語：「看得尊夫人脈息：左寸沉數，左關沉伏；右寸細而無力，右關虛而無神。其左寸沉數者，乃心氣虛而生火；左關沉伏者，乃肝家氣滯血虧。右寸細而無力者，乃肺經氣分太虛；右關虛而無神者，乃脾土被肝木剋制。心氣虛而生火者，應現今經期不調，夜間不寐；肝家血虧氣滯者，應脅下痛脹，月信過期，心中發熱；肺經氣分太虛者，頭目不時眩暈，寅卯間必然自汗，如坐舟中；脾土被肝木剋制者，必定不思飲食，精神倦怠，四肢酸軟……據我看這脈息，大奶奶是個心性高強聰明不過的人。但聰明太過，則不如意事常有；不如意事常有，則思慮太過。此病是憂慮傷脾，肝木忒旺，經血所以不能按時而至。」

從這脈象可看出，秦可卿虛火很旺，很多情緒病，都與肝有關。因憂慮導致肝氣鬱滯、月經不調，連性格都被張友士解讀出來了。治療的方藥也很妙，叫做「益氣養榮補脾和肝湯」，把應該調治的部位全部寫得清清楚楚，但心病仍需心藥醫。據《紅樓佚話》中提到，秦可卿與賈珍私通，被僕婢撞見，羞憤自縊而死，這就是曹雪芹後來刪去「秦可卿淫喪天香樓」的由來。

秦可卿的曲文：「畫梁春盡落香塵。擅風情，秉月貌，便是敗家的根本。箕裘頹墮皆從敬，家事消亡首罪寧。宿孽總因情。」

## 黛玉迴光返照

《紅樓夢》第九十八回，黛玉愛寶玉成痴，一聽說寶玉結婚，在長年憂疾壓迫下，竟出現了生命危險。

「卻說寶玉成家的那一日，黛玉白日已昏暈過去，卻心頭口中一絲微氣不斷，把個李紈和紫鵑哭的死去活來。到了晚間，黛玉卻又緩過來了，微微睜開眼，似有要水要湯的光景。此時雪雁已去，只有紫鵑和李紈在旁。紫鵑便端了一盞桂圓湯和的梨汁，用小銀匙灌了兩三匙。黛玉閉著眼，靜養了一會子，覺得心裏似明似暗的。此時李紈見黛玉略緩，明知是迴光返照的光景，卻料著還有一半天耐頭……」

之後，黛玉說了一些話。「這裏黛玉睜開眼一看，只有紫鵑和奶媽並幾個小丫頭在那裏，便一手攥了紫鵑的手，使著勁說道：『我是不中用的人了！妳服侍我幾年，我原指望咱們兩個總在一處，不想我……』說著，又喘了一會子，半天，黛玉又說道：『妹妹，我這裏並沒親人，我的身子是乾淨的，你好歹叫他們送我回去。』說到這裏，又閉了眼不言語了。那手卻漸漸緊了，喘成一處，只是出氣大，入氣小，已經促疾的很了。」不久，黛玉手漸漸冰涼，連目光也都散了，大家哭著正準備後事，黛玉又突然直聲叫道：「寶玉，寶玉！你好……」這下黛玉真的兩眼一翻，嗚呼去也！「香魂一縷隨風散，愁緒三更入夢遙！」

人在死前，照例都有個迴光返照。這燭空焰高的現象似乎在大自然界中也有，如太陽西下時，出於光線反射，天空會有短時間的明亮，而後迅速進入黑暗；連燈泡在壽命將盡時，鎢絲燃燒也會突然一亮。人在死前，腎上腺素會突然分泌，興奮心臟、收縮血管、升高血壓，因此有些昏迷多日的人，會突然清醒交代後事，簡短的與親人交談，好像若無其事一般；多日沒吃東西，也會突然想吃東西，好像突然恢復了一樣；其實這是一種假象，給人一種轉危為安的印象，有經驗的人應該都知道是迴光返照，是病人向親人訣別的信號。

迴光返照能不能真的起死回生，給些藥物讓其恢復正常呢？如灌參湯，或用些強心劑等？理論上應該是不可能的，因為迴光返照前，已經是精盡氣散了，而且迴光返照的時間很短，只是讓人最後一償夙願，交代後事，或許是上帝給人的一點恩惠吧！

《紅樓夢》第一百一十回，賈母病危，延醫調治不效，醫生悄悄告訴賈鏈說：「老太太的脈氣不好，防著些。」突然，賈母卻又精神好些，開始說了最後的事：「我到你們家已經六十多年了，從年輕的時候到老來，福也享盡了……」說著說著，臉突然泛紅，賈政知是迴光返照，忙進上參湯，但賈母牙關已緊，扶著躺下，「聽見賈母喉間略一響動，臉變笑容，竟是去了。」

## 節食飢餓養生

《紅樓夢》第五十三回〈寧國府除夕祭宗祠　榮國府元宵開夜宴〉，又是一頓盛宴，但晴雯得了傷風感冒，忽然嚴重了起來：「『快傳大夫！』一時王太醫來了，診了脈，疑惑說道：『昨日已好了些，今日如何反虛浮微縮起來，敢是吃多了飲食？不然就是勞了神思。外感卻倒清了，這汗後失於調養，非同小可。』一面說，一面出去開了藥方進來。寶玉看時，已將疏散驅邪諸藥減去了，倒添了茯苓、地黃、當歸等益神養血之劑。……晴雯此症雖重，幸虧她素習是個使力不使心的；再者素習飲食清淡，飢飽無傷。這賈宅中的風俗祕法，無論上下，只一略有些傷風咳嗽，總以淨餓為主，次則服藥調養。」

晴雯是個直性子的人，儘管賈府中美食多、人心雜，但也不會憂思多慮，加上飲食比較清淡，雖然有些失於調養，但餓了一陣肚子，病卻也好了！「故於前日一病時，淨餓了兩三日，又謹慎服藥調治，如今雖勞碌了些，又加倍培養了幾日，便漸漸的好了。」

《紅樓夢》第四十三回賈母也得了傷風感冒，延請王太醫診治：「太夫人並無別症，不過偶感一點風寒，究竟不用吃藥，不過略清淡些，常暖著一點兒，就好了。如今寫個方子在這裏，若老人家愛吃，便按方煎一劑吃，若懶食吃，也就罷了。……只是要清清淨淨的餓兩頓就好了。不必吃煎藥，我送幾丸丸藥來，臨睡時用薑湯研開，吃下去就是了。」

王太醫想賈母錦衣玉食，身體康健，偶感風寒，只要餓個幾下就好了，藥物反為輔用，甚至不吃也罷！王太醫在此表現得還算醫德高尚，實事求是，已將病情瞭若指掌，正確估計預後；不像許多庸醫譁眾取寵，誇大其辭，玩兩面手法，一見病人就將病情誇大，甚至故作驚訝，埋怨來得太遲，這樣病人好了可顯自己醫術高明，若不好也可撇清責任。

像賈母、晴雯的病都算不重，以飢餓療法為主，適時的配上藥物也就可以了。飢餓並不是這麼可怕，在一定的時間內飢餓，不但無損身體，還可達到一定的養生效果，讓體內清淨代謝，穢濁排出，免疫力增強！消化不良腹瀉，尤需餓個一、二餐，再慢慢進食；糖尿病患者若能適時地飢餓，不但可減輕胰臟$\beta$細胞的負擔，對於體型肥胖的輕型患者，也可起到一定的降糖效果。

孔子曾經說過：「君子食無求飽，居無求安。」《黃帝內經》提到的養生法也說道：「食飲有節，起居有常，不妄作勞，故能形與神俱，而盡終其天年，度百歲乃去。」「飲食自倍，腸胃乃傷。」「穀肉果菜，食養盡之，無使之過，傷其正也。」

飲食要有節制，不可過飢過飽，或暴飲暴食。元朝忽思慧寫的《飲膳正要》中，有〈養生避忌〉，其中提到：「善養生者，先飢而食，食勿令飽，先渴而飲，飲勿令過，食欲數而少，不欲頓而多。」富貴之家，飲食尤多，宿食囤積，偶感飢餓尤為好，寧飢毋食過分飽。

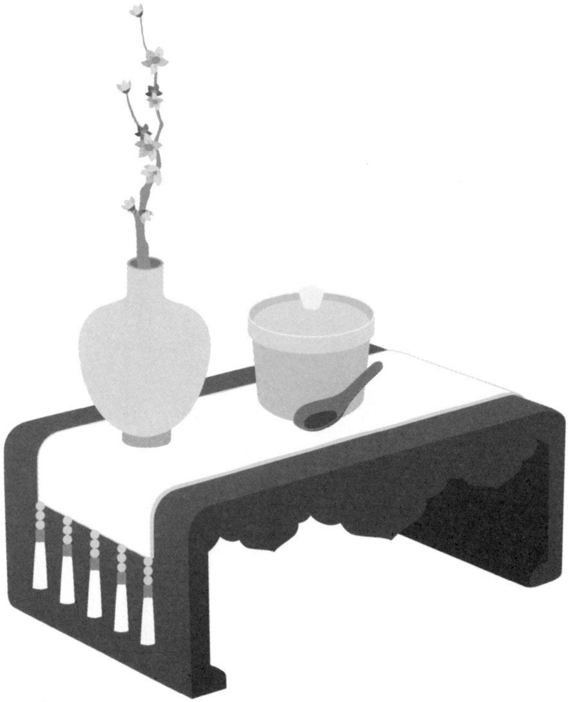

## 尤氏胃熱譫語

胃火大的人容易習慣性便祕，不但火氣大，還常常覺得很煩燥、口渴、腹脹，而且當火氣大到一定程度時，還會神昏譫語，像行將就木之人。事實上熱陽明胃熱譫語在中醫本來就是一個很嚴重的病，不治療可能會死亡的。

紅樓夢第一百二回〈寧國府骨肉病災祲　大觀園符水驅妖孽〉描寫到尤氏，又稱尤大姐：《紅樓夢》人物，賈珍之妻，寧國府當家奶奶，因為家道中落，又見大觀園衰頹景象，知道繁華的賈府已走到了末路，心情鬱積，「覺得淒涼滿目，臺榭依然，女牆一帶都種作園地一般，心中悵然如有所失。」她素有便祕的毛病，多時不曾注意自己的身體，又得了感冒，竟在床上開始胡言亂語：「因到家中，便有些身上發熱，扎掙一兩天，竟躺倒了。日間的發燒猶可，夜裏身熱異常，便譫語綿綿。賈珍連忙請了大夫看視。說感冒起的，如今纏經，入了足陽明胃經，所以譫語不清，如有所見，有了大穢，即可身安。尤氏服了兩劑，並不稍減，更加發起狂來。」

感冒在張仲景的《傷寒論》中有六經傳變，當傳到足陽明胃經時，可表現出經症與腑症，陽明為多氣多血之經，不論經症腑症皆症狀明顯，經症如發燒、大汗出、大煩渴、脈洪大，裏症如譫語、潮熱、發狂、發斑、便祕、腹部脹滿硬痛等等。

大夫看過尤氏後，直說要見拉屎拉稀才會症狀緩解，這是很道地的見解，因為要解這陽明症，最重要的就是排腹中穢濁，這是最快最好的辦法；但是也許是劑量不夠，尤氏譫語不但不解，還進一步惡化成為發狂。發狂如潑婦罵街、目中無人，但神智是不很清醒，現代醫學來看就是血液中 Ammonia 濃度高了，思考也不敏捷了，但火氣是非常之大，稍有不快即怒吼亂咬。

賈府以為大觀園有鬼怪，有邪靈附身，讓尤氏變了一個人，「請道士到園作法事，驅邪逐妖。擇吉日，先在省親正殿上鋪排起壇場，上供三清聖像，旁設二十八宿並馬、趙、溫、周四大將，下排三十六天將圖像。香花燈燭設滿一堂，鐘鼓法器排兩邊，插著五方旗號。道紀司派定四十九位道眾的執事，淨了一天的壇。三位法官行香取水畢，然後擂起法鼓，法師們俱戴上七星冠，披上九宮八卦的法衣，踏著登雲履，手執牙笏，便拜表請聖。又念了一天的消災驅邪接福的《洞元經》，以後便出榜召將。榜上大書『太乙混元上清三境靈寶符錄演教大法師行文敕令本境諸神到壇聽用』。」

忙活了老半天，還是不相信大夫的話。譫語發狂，一定要用傷寒方承氣湯系列才有可能緩解；其中有大承氣湯、小承氣湯、調味承氣湯等等，全部都有大黃，可通腑瀉濁去熱，待裏熱一去，表裏症狀才會一起緩解。

## 食蟹的絕唱

《紅樓夢》第三十八回〈林瀟湘魁奪菊花詩　薛蘅蕪諷和螃蟹詠〉，在持螯談笑間，讓讀者對吃蟹的知識有一些了解。

大觀園的女兒們天真爛漫，而且還有詩興雅致，在初秋季節，由探春提議邀集大觀園中的姊妹們，但還是少不了賈寶玉，組成「海棠詩社」，希望能夠「宴集詩人於風庭月榭；醉飛吟盞於簾杏溪桃」，以顯大觀園眾女子文采不讓桃李鬚眉。

一開始史湘雲沒得趕上，寶玉特託人將她請來，湘雲來到後，即興作了詩，並說：「明日先罰我個東道兒，就讓我先邀一社，可使得？」湘雲想要作東道主，但經濟拮据，薛寶釵便出手幫忙，說道：「這個我已經有個主意了。我們當鋪裏有個夥計，他們地裏出的好螃蟹，前兒送了幾個來。現在這裏的人，從老太太起，連上屋裏的人，有多一半都是愛吃螃蟹的。前日姨娘還說要請老太太在園裏賞桂花吃螃蟹，因為有事，還沒有請。你如今且把詩社別提起，只普同一請。等他們散了，偺們有多少詩做不得的？我和我哥哥說，要他幾簍極肥極大的螃蟹來，再往鋪子裏取上幾罈好酒來，再備四五桌果碟子，豈不又省事，又大家熱鬧呢？」

於是湘雲便請了賈母與眾人在四面環水的藕香榭賞桂花，吃螃蟹宴，場面自然是花團錦簇；賈寶玉的詩雖沒有得名，但食蟹是如此美味，高興地說道：「今日持螯賞桂，亦不可無詩。我已吟成，誰還敢作？」提筆寫出：「持螯更喜桂陰涼，潑醋擂薑興欲狂。饕餮王孫應有酒，橫行公子竟無腸！」這裏寶玉不是用倒醋，而是「潑醋」；不是用切薑，而是用「擂薑」，形象的表現了那個「狂」字，喜悅熱鬧的場面躍然紙上。最後寶釵還寫道：「酒未滌腥還用菊，性防積冷定須薑。於今落釜成何益？月浦空餘禾黍香。」被評為食蟹的絕唱！

蟹分為海蟹與淡水蟹，食蟹之法亦多種，有煮食、蒸食、糟食，用酒浸泡而食者稱為「醉蟹」，也有剝殼取肉炒菜者。蒸蟹可能要比煮蟹好些，因為螃蟹味鮮肉細，水煮會使營養成分擴散到水中，失去蟹的鮮嫩口感；蒸蟹可確保肉質潔淨，味道鮮美。蟹肉的特點如明末清初文學家、戲曲家李漁所形容：「蟹之鮮而肥，甘而膩，白似玉而黃似金，已造色香味三者之至極，更無一物可以上之。」

蟹雖好吃，也須注意煮食前蟹一定要刷洗乾淨，泡在淡鹽中一、二個小時，讓其將胃中髒物吐出；不要吃半生不熟的蟹，因為蟹常有肺吸蟲與細菌，引發食物中毒；食蟹後禁喝冷飲，因為蟹肉已為寒性食物，再食冷會腹痛腹瀉；禁食過多，因會消化不良；不要食剩蟹，因為蟹易腐敗變質。食蟹可配上薑、醋，具有調味殺菌、去寒解毒的作用，許多美食家還喜加上一點酒去腥增味。

# 妙玉因病入空門　云空未必空

妙玉是《紅樓夢》中的主要人物，是一個帶髮修行尼姑，原本是仕宦人家的小姐，金陵十二釵之一，但又與其他十一位不同。在第五回〈賈寶玉神遊太虛境　警幻仙曲演紅樓夢〉中，有妙玉的警語：「欲潔何曾潔，云空未必空。可憐金玉質，終陷淖泥中。」

妙玉在十七回中才正式出現，為了賈元春省親，榮府聘得十二個小尼姑、小道姑，另外就是帶髮修行的妙玉。妙玉身體不好，曾買了許多替身削髮為尼，本欲求身體好轉，皆不中用，最後自己入了空門，身體才好了起來。妙玉出身高貴，知書達禮，帶髮修行入賈府時才十八歲，曹雪芹形容：「文墨也極通，經典也極熟，模樣又極好。」三個「極」，都不像說世外之人也。妙玉入大觀園的庵堂當住持，塵心未斷，曲文斷她「世難容」，雖「氣質美如蘭，才華阜比仙」，最終仍是難逃厄運。

妙玉雖住賈府，但是出家的尼姑，已入佛門，本應五大皆空，六根清淨，斷絕情的煩惱，但妙玉生性情感豐富，碰到寶玉竟也流露出絲絲的凡心。在第四十一回，〈賈寶玉品茶櫳翠庵　劉姥姥醉臥怡紅院〉，妙玉拉著寶釵與黛玉去耳房吃體己茶，寶玉也輕輕跟來，釵黛二人對寶玉說：「這兒沒有你吃的。」妙玉拿出精緻的古玩茶杯給寶釵與黛玉，卻拿自己平時用的綠玉斗來斟與寶玉，寶玉當即說道：「常言『世法平等』。他兩個就用那樣古玩奇珍，我就是個俗器了。」妙玉道：「這是俗器？不是我說狂話：只怕你家裏未必找的出這麼一個俗器來呢。」寶玉隨機應變道：「俗語說，『隨鄉入鄉』，到了你這裏，自然把這金珠玉寶一概貶為俗器了。」寶玉細細吃了，果覺清醇無比，賞讚不絕。妙玉正色道：「你這遭吃茶是託他兩個的福，獨你來了，我是不能給你吃的。」寶玉笑道：「我深知道。我也不領你的情，只謝他二人便了。」妙玉聽了，方說：「這話明白。」這幾句一問一答，十分巧妙，妙玉表面是招待釵黛二人，實則是招待寶玉，是以疏表親、以冷透熱。

第八十七回，〈感秋聲撫琴悲往事　坐禪寂走火入邪魔〉，妙玉與惜春下棋，被寶玉打擾：「一面與妙玉施禮，一面又笑問道：『妙公輕易不出禪關，今日何緣下凡一走？』妙玉聽了，忽然把臉一紅，也不答言，低了頭，自看那棋。……寶玉尚未說完，只見妙玉微微的把眼一抬，看了寶玉一眼，復又低下頭去，那臉上的顏色漸漸的紅暈起來……」最後，妙玉也順水推舟，讓寶玉送她回櫳翠庵。妙玉回去後神不守舍：「那妙玉忽想起日間寶玉之言，不覺一陣心跳耳熱，自己連忙收攝心神，走進禪房，仍到禪床上坐了。怎奈神不守舍，一時如萬馬奔馳，覺得禪床便晃蕩起來，身子已不在庵中。」

## 王熙鳳的小月與下紅之症

王熙鳳的精明能幹在紅樓夢中是聞名的。但某過年前後，鳳姐竟然生病了，偌大一個家族，從上至下三百多口人，大大小小事不說，裏外應酬也不少，性格爭強好勝，從不遞個「輸」字：「且說榮府中剛將年事忙過，鳳姐兒因年內外操勞太過，一時不及檢點，便小月了，不能理事，天天兩三個大夫用藥。鳳姐兒自持強壯，雖不出門，然籌畫計算，想起什麼事來，就叫平兒去回王夫人。任人諫勸，她只不聽。王夫人便覺失了膀臂，一人能有多少精神，凡有了大事，就自己主張，將家中瑣碎之事一應都暫令李紈協理。李紈本是個尚德不尚才的，未免逞縱了下人，王夫人便命探春合同李紈裁處，只說過了一月，鳳姐將養好了，仍交給她。誰知鳳姐稟賦氣血不足，兼年幼不知保養，平生爭強鬥智，心力更虧，故雖係小月，竟著實虧虛下來。一月之後，又添了下紅之症。她雖不肯說出來，眾人看她面目黃瘦，便知失於調養。王夫人只令她好生服藥調養，不令她操心。她自己也怕成了大症，遺笑於人，便想偷空調養，恨不得一時復舊如常。誰知服藥調養，直到三月間，纔漸漸的起復過來，下紅也漸漸止了。」

在七十二回〈王熙鳳恃強羞說病〉，鳳姐也是因為崩漏滴滴答答，諱疾忌醫，整日懶洋洋，平兒問她怎麼樣，她還動了氣，說是咒她生病，仍是日日查三訪四，不知將養身體，鴛鴦還猜她是嚴重的「血山崩」。

小月是地方風俗用語，指的就是小產與流產，因都是不足月而產，故而名之。通常胎兒尚未成形而出的稱為流產，已成形而出的稱為小產。流產主要症狀就是腹痛與陰道出血，若非基因問題，最主要就是脾腎氣血虛弱等諸多不足之症，不能養胎載胎，最終導致胎元殞墮，常用菟絲子、續斷、巴戟天、熟地、砂仁、阿膠等，補腎健脾、益精養血。

若是下紅之症，指的就是崩中漏下，不在月經期間仍是滴滴答答流個不停，若突然間大出血，稱為崩，僅是淋漓不斷稱為漏。崩勢急，漏較緩，崩也有機會轉為漏，漏久了也個能來個大出血。中醫通常認為是衝任不固，不能收攝氣血所致。唐代道士大醫家王冰說過：「衝為血海、任主胞胎。」崩漏若純粹是氣血不足，這較好處理，只要滋補肝腎就可以，因為葉天士說過「八脈麗於肝腎」，八脈指的就是奇經八脈，其中就包含著衝任兩脈，常用藥有杜仲、山茱萸、鹿角膠、龜板膠、女貞子等等。若是虛中夾實，如紫暗有塊、小腹墜脹的瘀血之症，還要加上化瘀藥，如桃仁、丹皮等。若經色深紫、質地黏稠、口渴煩熱等，表示熱盛於衝任，血海沸騰，要清熱涼血，用藥如地骨皮、黃芩、地榆等。

## 好吃又調補的山藥糕

秦可卿是《紅樓夢》中金陵十二釵之一、寧國府長孫賈蓉的妻子。可卿是她的乳名。字兼美，意為「兼釵黛二人之美」。在《紅樓夢》第十一回中提到：

王夫人說：「前日聽見你大妹妹說，蓉哥媳婦身上有些不大好，到底是怎麼樣？」尤氏道：「他這個病得的也奇。上月中秋，還跟著老太太、太太玩了半夜，回家來好好的。到了二十日以後，一日比一日覺懶了，又懶怠吃東西。這將近有半個多月。經期又有兩個月沒來。」邢夫人接著說道：「不要是喜罷？」正說著，外頭人回道：「大老爺二老爺並一家的爺們都來了，在廳上呢。」賈珍連忙出去了。這裏尤氏復說：「從前大夫也有說是喜的。昨日馮紫英薦了他幼時從學過的一個先生，醫道很好，瞧了，說不是喜，是一個大症候。昨日開了方子，吃了一劑藥，今日頭暈的略好些，別的仍不見大效。」

秦可卿確定不是害喜而變懶洋洋的，於是又再將養了一陣，鳳姐兒又再去看她。「秦氏道：『好不好，春天就知道了。如今現過了冬至，又沒怎麼樣，或者好的了，也未可知。嬸子回老太太、太太，放心罷。昨日老太太賞的那棗泥餡的山藥糕，我吃了兩塊，倒像克化的動似的。』鳳姐兒道：『明日再給你送來。我到你婆婆那裏瞧瞧，就要趕著回去回老太太話去。』」

秦可卿吃的山藥糕，是個很好的滋補點心，主要就是大棗和山藥，兩者配伍，有健脾、和胃、益氣、生津、養血、固腎的作用。秦可卿只吃了兩塊，就感覺沉重的身體忽然輕盈了起來，「倒像克化的動似的。」

山藥糕要怎麼做呢？明代《宋氏養生部》有記載：「山藥糕：山藥蒸熟去皮，切片暴燥，磨細，計六升；白糯米新起浙，碓粉，計四升；白砂糖二斤，蜜水溲之，復碓，篩甑中，隨界之，蒸粉熟為度。」

至於棗泥的製法，在《清代食譜大觀—調鼎集》中有記載，這是一本典藏的清代手抄食譜，是廚藝祕笈孤本，內容豐富，主要是根據清代的食譜進行手抄總結整理出來的：「紅棗煮熟，去皮核，入洋糖擦爛。」山藥糕重點就是山藥、大棗兩味中藥，還有糯米、白糖、蜜水等。

山藥是具有健脾胃、補肝腎的藥食同源珍貴藥材，以產地河南省懷慶府的山藥最為優秀，稱為「懷山藥」，相當於現在的河南省焦作市、濟源市和新鄉市的原陽縣所轄地域。李時珍將山藥概括五個方面功效：益腎氣、健脾胃、止瀉痢、化痰涎、潤皮毛。大棗可健脾養胃、益氣生津、養血安神、緩和藥性。糯米也算一味補藥，可以補中益氣。

山藥與大棗同見於紅樓夢的其他部分，如秦可卿喝的益氣養榮補脾和肝湯，還有左歸丸、右歸丸、麥味地黃丸等都有山藥；大棗多見於飲食中，如臘八粥、粳米粥、建蓮紅棗兒湯等。黛玉常服的人參養榮丸裏也有大棗，目的是為了補脾與緩和藥性。

## 龜大何首烏　烏髮又滋補

紅樓夢第二十八回〈蔣玉函情贈茜香羅　薛寶釵羞籠紅麝串〉，眾人在談論黛玉吃的藥，宮廷大夫鮑太醫、張太醫、王太醫們所開的藥方，無非是人參養榮丸、八珍益母丸、天王補心丹之類，他們深得其法、深知其妙，不過比賈寶玉似乎還不夠盡善盡美罷了。都知道賈府裏的老爺、太太、公子、小姐們常常要生病的，太醫院的太醫們自然也要常常出入賈府。這且不論，單說那位不務正業的怡紅公子賈寶玉，居然也頗通醫藥，有一日卻為林黛玉開出一副奇異的古方來。

寶玉開的什麼藥方呢，書中寫道：「寶玉道：『這些藥都是不中用的。太太給我三百六十兩銀子，我替妹妹配一料丸藥，包管一料不完就好了。』王夫人道：『放屁！什麼藥就這麼貴？』寶玉笑道：『當真的呢。我這個方子，比別的不同。那個藥名兒也古怪，一時也說不清，只講那頭胎紫河車，人形帶葉參，三百六十兩不足，龜大何首烏，千年松根茯苓膽，諸如此類的藥，不算為奇。只在群藥裏算那為君的藥，說起來，唬人一跳！前年薛大哥哥求了我一二年，我纔給了他這方子。他拿了方子去，又尋了二三年，花了有上千的銀子，纔配成了。太太不信，只問寶姐姐。』」

寶玉說得不錯，從頭胎紫河車，到千年松根茯苓膽，哪一樣藥不是盡得古方補養之法；富貴人生病，生的是富貴病、慢性病，什麼好藥、奇藥、怪藥都可以吃。慢性病富貴人生得、窮人生不得，富貴人可以泡在藥裏，慢慢醫，慢慢養；窮人得病，沒有錢財也沒有時間養，要長年泡在藥裏，那不是病死而是窮死。現在就來看看何首烏的補養之性：

何首烏狀如人形，可促進毛髮生長，故稱何首烏。《開寶本草》稱何首烏「黑鬚髮，悅顏色，久服長筋骨，益精髓，延年不老」，中國古代「四仙藥」（何首烏、黃精、地黃與靈芝）就有它。

據說在唐朝時有個人叫做何能嗣，58歲時膝下仍無子，服用何首烏後竟連生七子，其中一個兒子名叫何延秀，持續服用何首烏，活到160歲；他又生了許多子女，其中一位取名叫何首烏，持續服用此藥，也活到130歲。唐朝文人李翱還為他們寫了《何首烏錄》。

現代醫學證實何首烏內含酚類化合物，根部含類成分大黃酚、大黃素、大黃酸，可促進排便；此外，含多量澱粉、粗脂肪占3.1%、卵磷脂有3.7%，十分營養。《本草綱目》記載：「此物氣溫，味苦澀。苦補腎，溫補肝，澀能收斂精氣。所以能養血益肝，固精益腎，健筋骨，烏髭髮，為滋補良藥，不寒不燥，功在地黃、天門冬諸藥之上。」可治肝腎虧損，髮鬚早白。名方「首烏延壽丸」、「七寶美髯丸」等都是以何首烏為主藥製成。

## 劉姥姥的隨身藥包

劉姥姥，《紅樓夢》中人物，是四大家族之一的王家的「偶然聯宗」族親王成之子狗兒的岳母，狗兒之子板兒的姥姥，因生計艱難求靠賈府。劉姥姥在賈府受到了款待，連治病的藥方也都為其準備好，她也把恩情記在心裏，在賈府破敗之後，帶走了王熙鳳的女兒巧姊，也算報了當初的恩情。

紅樓夢的四十二回〈蘅蕪君蘭言解疑癖　瀟湘子雅謔補餘香〉，劉姥姥第二次求靠賈府，要回去的時候，「劉姥姥見無事，方上來和賈母告辭。賈母說：『閒了再來。』又命鴛鴦來：『好生打發劉姥姥出去。我身上不好，不能送你。』劉姥姥道了謝，又作辭，方同鴛鴦出來。到了下房，鴛鴦指炕上一個包袱說道：『這是老太太的幾件衣裳，都是往年間生日節下眾人孝敬的。老太太從不穿人家做的，收著也可惜，卻是一次也沒穿過的，昨日叫我拿出兩套來送你帶了去，或送人，或自己家裏穿罷。這盒子裏頭是你要的麵果子。這包兒裏頭是你前兒說的藥——梅花點舌丹也有，紫金錠也有，活絡丹也有，催生保命丹也有——每一樣是一張方子包著，總包在裏頭了。』」

除了老太太的衣裳，劉姥姥還收到四種藥包。梅花點舌丹，是冰片中的上品，又稱為梅花冰片，服藥時將丸藥放在舌尖之上，以麻為度，俗稱點舌，亦可用陳酒沖服，用醋化開或塗敷患處。冰片辛苦涼，臨床應用廣泛，可回甦開竅、清熱止痛、去翳明目等。

紫金錠，原名太乙紫金丹、玉樞丹，主要用於辟穢化濁、清熱解毒、活血消腫。對因外邪、食物中毒等引起的噁心嘔吐、腹痛泄瀉都有良效；外敷癰疽、疔瘡、腫核結毒，蟲蛇咬傷等也有很強的消炎作用。方中山慈姑、雄黃、五倍子辟穢解毒；麝香通竅開閉，配以續隨子、大戟之峻瀉，以排除穢惡、痰濁。

活絡丹有分成大活絡丹與小活絡丹，基本上是用做祛風除濕、化痰通絡、活血止痛，對於肢體筋脈攣痛、中風後手足不仁、腰腿臂間作痛、跌打損傷疼痛等都有良效。

催生保命丹出自《袖珍方》，是明宗室朱棣（周定王）主持下由李恒等人根據朱棣所編的《保生全錄》、《普濟方》等書選錄其中經驗有效之方編纂而成。催生保命丹主治目瞪口噤不語、手足搐搦、項筋強急等。

賈府中的丸藥可多了，每一個毛病都要請大夫的話，也太麻煩了，所以很多丸藥都備著。《紅樓夢》中提到的丸藥有：人參養榮丸、冷香丸、延年神驗萬全丹、八珍益母丸、麥味地黃丸、金剛丸、菩薩散、天王補心丹、香雪潤津丹、山羊血黎洞丸、梅花點舌丹、紫金錠、活絡丹、催生保命丹、祛邪守靈丹、開竅通神散、調經養榮丸、黑逍遙、四神散、十香返魂丹、至寶丹等。劉姥姥收到這四種丸藥，也是如獲至寶，好好珍藏著。

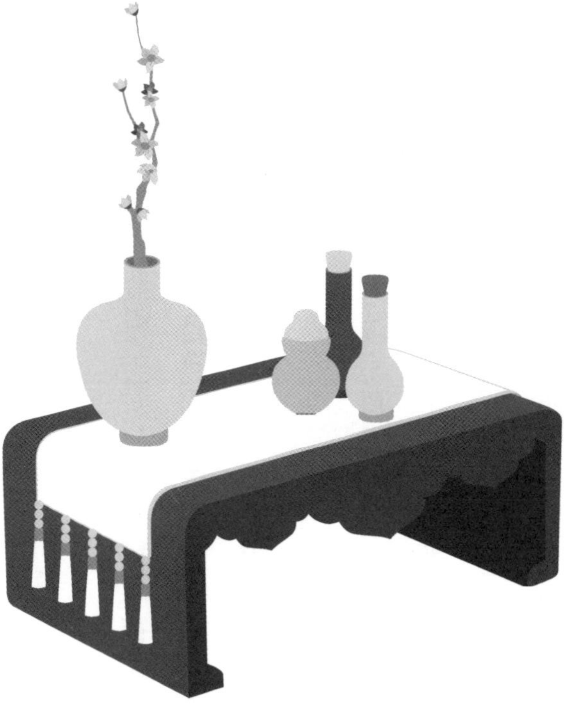

## 柴胡疏肝解鬱

《紅樓夢》第八十三回〈省宮闈賈元妃染恙　鬧閨閫薛寶釵吞聲〉，黛玉聽到園子中有人在罵人，聯想到自己的處境，竟也「肝腸崩裂，哭的暈過去了」，賈母聽聞此事，心中不捨，趕緊差人請了大夫來看。

王大夫來了之後，說道：「六脈皆弦，因平日鬱結所致。」弦是肝脈，肝氣鬱結、肝氣化火，正需要疏肝解鬱。王大夫接著猜黛玉的症狀，猜得好準啊：「這病時常應得頭暈，減飲食，多夢；每到五更，必醒個幾次；即日間聽見不干自己的事，也必要動氣，且多疑多懼。不知者疑為性情乖誕，其實因肝陰虧損，心氣衰耗，都是這個病在那裏作怪。——不知是否？」紫鵑在旁點點頭兒：「說的很是。」

於是，王大夫便寫了藥方：「六脈弦遲，素由積鬱。左寸無力，心氣已衰。關脈獨洪，肝邪偏旺。木氣不能疏達，勢必上侵脾土，飲食無味；甚至勝所不勝，肺金定受其殃。氣不流精，凝而為痰；血隨氣湧，自然咳吐。理宜疏肝保肺，涵養心脾。雖有補劑，未可驟施。姑擬『黑逍遙』以開其先，復用『歸肺固金』以繼其後。不揣固陋，俟高明裁服。」

王大夫不但寫了藥方，還先解釋了一番黛玉的病症，才開出黑逍遙散，還建議之後用歸肺固金的方法，鞏固療效，並謙虛了一番，望賈府中人能予以指點。

賈璉雖然為人好色，但也的確懂得醫道，他馬上說：「血勢上沖，柴胡使得麼？」因為黑逍遙散就是逍遙散加上熟地黃，是疏肝解鬱、健脾養血補腎的方子，其中就有柴胡。王大夫馬上回答道：「二爺但知柴胡是升提之品，為吐衄所忌，豈知用鼈血拌炒，非柴胡不足宣少陽甲膽之氣。以鼈血製之，使其不致升提，且能培養肝陰，制遏邪火。

所以《內經》說：『通因通用，塞因塞用。』柴胡用鼈血拌炒，正是『假周勃以安劉』的法子。」

柴胡在中醫界有劫肝陰的說法，因此江浙派醫師很喜歡用鼈血拌炒，增強養陰補血的功能。用鼈血拌炒後，不但不劫肝陰，還能培養肝陰，讓黛玉鬱遏的肝火碰到柴胡，不但疏肝還柔肝，柴胡得鼈血，就如劉氏宗親得了周勃一樣，馬上安定下來了。真是把藥物的作用說得唯妙唯肖。

《本草綱目》中記載柴胡是「治陽氣下陷，平肝膽三焦包絡相火，及頭痛眩運」，這就是賈璉講的：柴胡可生提，治氣下陷，那吐衄如何使得！黛玉平日肝氣鬱結、心思過多、脾胃不健，用了黑逍遙，還用鼈制柴胡，養肝陰、疏肝鬱，抑制柴胡升提之性，可以說是用藥精當！

## 脾喜甘溫　不喜寒涼

王熙鳳在《紅樓夢》中雖然是聰明漂亮、精明能幹，但缺點也著實不少，如爭強好勝、工於心機、權術機變、殘忍陰毒、貪財虛榮、邀功諉過等，儘管如此，她還是有關懷貼心的一面，尤其是對寶玉與眾姑娘更是細心周全。在《紅樓夢》第51回〈薛小妹新編懷古詩　胡庸醫亂用虎狼藥〉，王熙鳳提議在大觀園裏建一個廚房，考慮到冬天到了，外面寒氣逼人，大家出來就餐，容易受涼，脾胃受寒，更是容易導致消化不良與各種疾病。

「正值鳳姐兒和賈母王夫人商議，說：『天又短又冷，不如以後大嫂子帶著姑娘們在園子裏吃飯；等天暖和了，再來回的跑，也不妨。』王夫人笑道：『這也是好主意。刮風下雪倒便宜，吃東西受了冷氣也不好；空心走來，一肚子冷氣，壓上些東西也不好。不如園子後門裏頭的五間大屋子，橫豎有女人們上夜的，挑兩個女廚子在那裏單給姐妹弄飯。新鮮菜蔬是有分例的，在總管賬房裏支了去，或要錢、或要東西。那些野雞獐，各樣野味，分些給他們就是了。』賈母道：『我也正想著呢，就怕又添廚房事多些。』鳳姐道：『並不事多：一樣的分例，這裏添了，那裏減了。就便多費些事，小姑娘們受了冷氣，別人還可，第一，林妹妹如何禁得住？就連寶玉兄弟也禁不住。況兼眾位姑娘都不是結實身子。』」

脾胃在中醫中，泛指消化系統。脾屬臟，胃屬腑。脾為陰，胃為陽。脾主運化，就是消化吸收；胃主受納腐熟，接受食物並初步消化。若寒氣入侵人體，淤滯於內，就會耗損脾胃陽氣，產生消化功能失調，表現上有腹脹、食慾不振、倦怠乏力，氣血不足、消瘦腹瀉等。胃受寒氣，受納腐熟功能失常，就會胃脘脹痛、納呆厭食，胃部發炎，還會有多食善飢的症狀。

在扁鵲所寫《難經》中，對於消化問題，有如下的大綱：「損其脾者，調其飲食，適其寒溫。」先不論要吃多好的藥調理，首先脾胃問題，就是要有適當的飲食，如消化很差的時候，食物要精細而易消化。然後寒溫一定要適當，就是飲膳要煮熟熱食；小腹冰涼的，要多穿些衣服禦寒，吃些能量高的食物溫中；甚至溫灸，對著關元穴溫熱一番，如此脾胃寒熱調和，吃下適當的食物，好好休養，不論是什麼問題都會慢慢好轉的。

《紅樓夢》38回的螃蟹宴，眾人都大快朵頤，只有黛玉不敢多吃，嚐了些夾子肉就下來了，還說：「我吃了一點子螃蟹，覺得心口微微的疼，須得熱熱的吃口燒酒。」寶玉忙令那浸過合歡花的酒燙一壺來，黛玉吃了一口便放下了。螃蟹性寒，而酒性熱，燙過的酒喝下發散很快，可疏通血脈、祛風祛寒，中和螃蟹散在體內的寒氣，亦可溫胃，也算是消化系統的保養之道吧！

## 滋胃增力——豬蹄、鵝掌與鴨舌

《紅樓夢》第十六回〈賈元春才選鳳藻宮　秦鯨卿夭逝黃泉路〉，提到賈璉的乳母來到賈府，賈璉與王熙鳳設宴款待，「說話時賈璉已進來，鳳姐便命擺上酒饌來，夫妻對坐。鳳姐雖善飲，卻不敢任興，只陪侍著賈璉。一時賈璉的乳母趙嬤嬤走來，賈璉鳳姐忙讓吃酒，令其上炕去。趙嬤嬤執意不肯。平兒等早於炕沿下設下一杌，又有一小腳踏，趙嬤嬤在腳踏上坐了。賈璉向桌上揀兩盤餚饌與他放在杌上自吃。鳳姐又道：『媽媽很嚼不動那個，倒沒的矼了他的牙。』因向平兒道：『早起我說那一碗火腿燉肘子很爛，正好給媽媽吃，你怎麼不拿了去趕著叫他們熱來？』」

鳳姐是個極為靈巧周全的人，招待趙嬤嬤就可見幾分，她想著人的胃口與喜好，就叫平兒將「火腿燉肘子」熱來。肘子就是豬蹄，這道菜是清朝名菜，特點是香酥爛，最適合老年人享用，另一個好聽的名字是「金銀蹄」，亦稱「煨火肘」。《調鼎集》食譜記載：「金銀蹄：醉蹄尖配火腿煨。」是一款火功菜，口感要酥爛。據《隨息居飲食譜》所載，豬蹄能「填腎精而健腰腳，滋胃液以滑皮膚，長肌肉可愈漏瘍，助血脈能充乳汁，較肉尤補。」在產婦多用來催乳，治產後氣血不足，乳汁缺乏。

相傳從唐朝開始，殿試及第的進士們相約，如果他們中有人將來做了將相，就要請同科的書法家用朱書（紅筆）題名與雁塔，就是把名字寫在佛塔裏。從那以後，但凡有人趕考，親友就贈送豬蹄給他。「豬」和朱同音，「蹄」和題同音，送豬蹄的用意是：希望考生金榜題名，成為將相。

《紅樓夢》第八回〈薛寶釵小恙梨香院　賈寶玉大醉絳芸軒〉，提到外邊下著大雪，薛姨媽擺了一些細巧茶食，留下大夥喝茶吃果子，「寶玉因誇前日在那府裏珍大嫂子的好糟鵝掌、鴨信。薛姨媽聽了，忙也把自己糟的取了些來與他嘗。寶玉笑道：『這個須得就酒才好。』薛姨媽便命人去灌了些上等的酒來。」糟鵝掌用的是熟掌，《宋氏養生部》中提到：「糟：熟鵝、雞同掌、蹠、翅、肝、肺，同獸屬。鵝全體剖四軒，糟封之，能留久，宜冬月。」寶玉食糟鵝掌之時，外面已下了半日雪珠兒了，說明正是食用的好時節。鵝掌可益胃增力，又富含膠原蛋白，可增加皮膚彈性。

糟鴨信，就是鴨舌，能夠滋陰健胃，江南之人特別喜歡。童岳薦《童氏食規》中提到：「糟鴨舌，冬筍片穿糟鴨舌。」清朝袁棟的《書隱叢說》中提到的山珍海味，還有琵琶鴨舌、燴鴨舌掌、瓢兒鴨舌、糟鴨舌等等，現代鴨舌的口味更多，有如醬鴨舌、鹵鴨舌、冰鎮糟鴨舌、麻辣鴨舌、烤鴨舌、檸香鴨舌、茶香鴨舌、陳皮鴨舌等等。

糟鵝掌與糟鴨信也是下酒良伴，在江南地區，朋友小聚，淺酌美酒之時，常配上這兩道菜，爽口耐嚼，讓人胃口大開。

## 粽子溫補　緩解僵鬧氣氛

《紅樓夢》第三十一回〈撕扇子作千金一笑　因麒麟伏白首雙星〉，描寫端午節到了，「這日正是端陽佳節，蒲艾簪門，虎符繫臂。午間，王夫人治了酒席，請薛家母女等過節。」本是好不熱鬧，偏偏大家有些意興闌珊，黛玉更是有感而發：「人有聚就有散，聚時喜歡，到散時豈不清冷？既清冷則生感傷，所以不如倒是不聚的好。比如那花兒開的時候兒叫人愛，到謝的時候兒便增了許多惆悵，所以倒是不開的好。」但寶玉是喜歡熱鬧的，「寶玉的情性只願人常聚不散，花常開不謝」，無奈筵席大家無興散了，寶玉心中真是悶悶不樂，在自己房中長吁短嘆！

這時晴雯進來了，因扇子失手掉在地上，骨子跌折，寶玉罵了幾句「蠢才」！晴雯冷笑回道：「二爺近來氣大的很，行動就給臉子瞧。前兒連襲人都打了，今兒又來尋我的不是……」這樣你一句我一句的，弄得寶玉氣得渾身發顫，晴雯也是淚水汪汪，襲人進來緩場也不見效果，這時碰巧黛玉進來了，「大節下，怎麼好好兒的哭起來了？難道是為爭粽子吃，爭惱了不成？」寶玉和襲人都撲嗤一笑。還是黛玉厲害，寶玉漸漸釋懷了！

粽子可說是端午節傳統食品，相傳其出現與古代中國詩人屈原投江有關。粽子使用箬竹葉或蘆葦葉包裹糯米或黃米和其他輔料如棗、豆沙、火腿等，隔水煮熟而成。今日的粽子，種類繁多，還有桂圓粽、肉粽、水晶粽、蓮蓉粽、蜜餞粽、板栗粽、辣粽、酸菜粽、鹹蛋粽等等，都深受人們喜愛。

粽子的主成分糯米產自糯稻，是稻的黏性變種。在秈稻和粳稻中都有糯稻變種，糯稻脫殼的米在南方就稱為糯米，閩南語叫秫米，北方則多稱為江米，是黏性小吃，有如八寶粥與各式甜品的主原料。糯米也是釀造甜米酒的主要原料。

糯米為不透明白色，所含澱粉以支鏈澱粉為主，達95%至100%，因而煮後較具黏性。糯米中有一種黑糯米，一般相信所含營養更高，價格較貴。現在在寮國、泰北與西雙版納地區種植農作以糯米為主。糯米營養豐富，含有蛋白質、脂肪、醣類、鈣、磷、鐵、維生素B1、維生素B2及煙酸等，營養豐富，糯米與山藥熬粥，可強健脾胃；加蓮子同熬，可溫中止瀉；食欲不振的，可加豬肚同煮而食。

一般人認為糯米不好消化，所以不敢多食，事實上常常是因為調理的時候太油，才產生胃酸分泌過多、腹脹腹瀉的問題。

消化很差的人，吃糯米反而能止瀉，因糯米的溫補作用比一般米飯強很多；常常頻尿腰痠的，吃糯米也會改善，唯獨胃不好的人，吃糯米就會比較脹。還有很多美食都以糯米為主，如湯圓、糍粑、筒仔米糕、年糕、糯米腸、酒釀、糯米糍等，讓中國飲食文化更顯得多采多姿。

## 迎春、惜春的養生之道

《紅樓夢》中提到賈府元春、迎春、探春、惜春四姐妹，元春是皇妃，大約二十歲時應選入宮，被封為鳳藻宮尚書，加封賢德妃，後來皇帝特許她回娘家省親，賈家因此造了大觀園，其多處建築由元春省親時親自賜名；探春是賈寶玉的庶出妹妹，趙姨娘所生，是海棠詩社的發起者，為人精明能幹；迎春性格溫柔良善，但膽怯懦弱；惜春是「可憐繡戶侯門女，獨臥青燈古佛旁」，一心向佛。迎春、惜春比起顯赫的元春與機敏的探春，雖然遜色許多，但她們的養生之道，卻值得一提，就是在閒情逸致中，修養身心。

《紅樓夢》第四十二回：〈蘅蕪君蘭言解疑癖　瀟湘子雅謔補餘音〉，提到劉姥姥逛大觀園，賈母想請惜春畫一張大觀園作為禮物，惜春便想退出詩社專心作畫。「黛玉道：論理，一年也不多。這園子蓋就蓋了一年，如今要畫，自然得二年的工夫呢。又要研墨，又要蘸筆，又要鋪紙，又要著顏色，又要……黛玉忙拉他笑道：我且問你：還是單畫這園子呢，還是連我們眾人都畫在上頭呢？惜春道：原是只畫這園子，昨兒老太太又說，單畫園子，成個房樣子了，叫連人都畫上，就像行樂圖兒纔好。我又不會這工細樓台，又不會畫人物，又不好駁回，正為這個為難呢。」接著，寶釵說到了一些畫畫的器具，「……就是配這些青綠顏色並泥金泥銀，也得他們配去。你們也得另攏上風爐子，預備化膠，出膠，洗筆。還得一個粉油大案，鋪上氈子。你們那些碟子也不全，筆也不全，都從新再弄一份兒纔好。惜春道：我何曾有這些畫器？不過隨手的筆畫畫罷了。就是顏色，只有赭石、廣花、藤黃、胭脂這四樣。再有，不過是兩支著色的筆就完了。」

迎春個性老實，但懦弱怕事，被稱為「二木頭」，學養才藝都不如姊妹們，為人處事也不精明，常受到欺侮，出嫁後也是命運乖舛，被丈夫孫紹祖虐待致死，但她平日勤於研讀《太上感應篇》，一本道教勸善的書，宣揚善惡因果有報，還有就是常常下棋排遣閒餘時間；惜春平日就擅長繪畫，黛玉打趣說她的話，就暗示著惜春平日時常執筆描摹的習慣。寶釵認為畫大觀園這種畫作，該有眾多複雜的畫器，但惜春簡明的表示，她只想把它作為隨手的休閒活動，不想大張旗鼓，也沒有追求精湛技藝的想法，這正是她休閒養生的生活態度。

賈府是一塊是非之地，平日拌嘴雜舌的閒語很多，迎春下棋，惜春作畫，藉此靜心養神，保持淡泊寧和的心態，能夠避免過多的思慮與不必要的煩惱，轉移注意力，緩解壓力。休閒養生是非常好的，有人就是不知如何活好，整日抽菸喝酒打牌，把一顆心弄得很亂，身體也不健康。但休閒養生也需有度，萬不可費神勞心、玩物喪志，這就沒有達到養生的目的，反而為其所困了！

## 久臥傷氣、久坐傷肉

紅樓夢第六十七回〈見土儀顰卿思故里　聞祕事鳳姐訊家童〉，寶玉偕同黛玉來看寶釵，「三個人又閒話了一回，因提起黛玉的病來，寶釵勸道：『妹妹若覺著身上不爽快，倒要自己勉強扎掙著出來，走走逛逛，散散心，比在屋裏悶坐著到底好些。我那兩日，不是覺著發懶、渾身發熱、只是要歪著？也因為時氣不好，怕病，因此尋些事情，自己混著。這兩日才覺好些了。』黛玉道：『姐姐說的何嘗不是？我也是這麼想著呢。』大家又坐了一會方散。寶玉仍把黛玉送至瀟湘館門首，纔各自回去了。」

寶釵性格內斂，從小為「才選鳳藻宮」而教養，其人品性格被認為是中國傳統文化陶臻出的「完美典範」，她體態豐腴，膚如凝脂，端莊秀麗，個性淡泊，舉止大方，深受長輩青睞。她能文善詩，通曉醫藥，個性沉穩，把握現實，可說是集美德於一身了。這一次她在養生方面發揮了自己的見解，告訴黛玉「久臥傷氣、久坐傷肉」的觀念，要出來走一走方才好。

《黃帝內經》中有提到「五勞所傷」，是指因勞逸不當，氣、血、筋、骨活動失調而引起的五類勞損。《素問．宣明五氣篇》：「久視傷血，久臥傷氣，久坐傷肉，久立傷骨，久行傷筋，是謂五勞所傷。」久視使眼球充血，腦內血流量亦增多，有損健康；久臥則生理活動不旺，精氣萎靡不振，氣血不暢，筋脈不舒；久坐會使周身氣血循環緩慢，肌肉鬆弛無力；久立則增加骨骼負擔，對脊椎損害尤大，故頗為傷骨；走路過多過久則筋腱腳跟容易受損，因此不宜走太久。

林黛玉的體質、心理都較為柔弱，「兩彎似蹙非蹙罥煙眉，一雙似喜非喜含情目。態生兩靨之愁，嬌襲一身之病。淚光點點，嬌喘微微。閑靜時如姣花照水，行動處似弱柳扶風。心較比干多一竅，病如西子勝三分。」平日體虛閑散，飽食後也不願意活動，習慣臥床、靜坐休息，長久以往，經脈難以流通，氣血凝滯，連內在臟腑都受到影響，出現氣血不足衰弱的症候，因此逐漸精神萎靡、身倦乏力、食慾不振、動則心悸、氣短汗出。長時間不動，四肢肌肉無力，身體抵抗力下降，就更容易生病，常會出現慢性胃炎、消化道潰瘍、腰肌勞損、痔瘡出血等問題。再加上愁緒心結，黛玉的身體就更是雪上加霜了。

適當的休息，可以緩解疲勞，讓心情沉靜下來，但過度懶逸，就會適得其反，導致一連串弊病。略有小疾之人，適當的戶外活動，既可排遣孤獨無聊的心境，轉移疾病注意力，又可活血行氣，增強抵抗力。唐代大醫家孫思邈曾說過：「養性之道，常欲小勞。」適度的勞動做事，有益身體健康，這對於現代人的養生觀念，尤其是老年人，是有很好的啟示的。

## 補益強身——雞髓筍與鴿蛋

紅樓夢第七十五回〈開夜宴異兆發悲音　賞中秋新詞得佳讖〉，提到賈母用膳，各房都孝敬了幾道菜品，鴛鴦又指那幾樣菜道：「這兩樣看不出是什麼東西來，是大老爺孝敬的。這一碗是雞髓筍，是外頭老爺送上來的。」一面說，一面就將這碗筍送至桌上。賈母略嚐了兩點，便命將那幾樣著人都送回去，「就說我吃了，以後不必天天送。我想吃什麼，自然著人來要。」

鴛鴦是賈母的貼身丫環，頭腦聰明，條理明晰，處理事情公私分明，是賈府中地位最高的一個丫環，受到所有人的尊重。賈母的各項雜物都由鴛鴦處理，包括衣物配件、首飾財帛。當然她是知道賈母心意的，略略瞧了桌上幾道菜，就知道老太太中意的是哪些，於是乖巧地將雞髓筍送到賈母面前。賈赦是賈母的長子、邢夫人的丈夫，知道賈母一直對自己不滿意，因此盡力在小事上討老太太歡心。這道雞髓筍可是他費盡心思弄來的，內容頗為繁瑣，但內涵頗豐。

筍性甘微寒，可清熱化痰、益氣和胃、治消渴、利水道、利膈爽胃，還具低脂肪、低糖、多纖維的特點，能促進腸道蠕動，幫助消化，去積食，防便祕，有預防大腸癌的功效。雞肉益氣養血、溫中健脾，雞髓營養豐富、味道鮮美。吃髓補髓，賈母已上了年紀，臟腑功能都在減弱，消化吸收也不如年輕人，這一道好吃又營養的食物是十分合適的。雞髓筍是紅樓菜中的一道珍品，鹹、鮮、脆、嫩，爽口好吃，顏色黃白。將雞腿肉去掉，留下骨頭，敲碎取出骨髓，加入黃酒、薑汁、糖滾透，去掉腥味，點綴在鮮筍盤中，雅致、清透、營養豐富。

紅樓夢第四十回〈史太君兩宴大觀園　金鴛鴦三宣牙牌令〉，劉姥姥二進大觀園，調皮的鳳姐兒與丫頭們正想捉弄她取樂，「那劉姥姥入了坐，拿起箸來，沉甸甸的，不伏手，原是鳳姐和鴛鴦商議定了，單拿了一雙老年四楞象牙鑲金的筷子給劉姥姥。劉姥姥見了，說道：「這個叉巴子，比我們那裏的鐵掀還沉，那裏拿的動他！」說的眾人都笑起來。……劉姥姥便站起身來，高聲說道：「老劉，老劉，食量大如牛：吃個老母豬不抬頭！」說完，卻鼓著腮幫子，兩眼直視，一聲不語。眾人先還發怔，後來一想，上上下下都一齊哈哈大笑起來。……「這裏的雞兒也俊，下的這蛋也小巧，怪俊的，我且得一個兒！」……那劉姥姥正誇雞蛋小巧，鳳姐兒笑道：「一兩銀子一個呢，你快嚐嚐罷。冷了就不好吃了。」

鴿子蛋在清代算是宮廷御食，老百姓少有機會能吃到，鳳姊知道劉姥姥沒吃過這「怪俊」的鴿子蛋，就故意讓她出醜，以搏眾人一笑。鴿子蛋補腎養心，可治療腎虛引起的腰膝痠軟乏力；同時鴿子蛋因稀少而珍貴，鴿子產蛋率不高，一月兩顆，有時還停產，因此鳳姐說一兩一個也並非完全虛誇之詞！

## 賈府的點心

《紅樓夢》中的飲食體現了曹雪芹對中國飲食文化的深刻理解，融合了日常瑣碎生活，用高超的文學藝術技巧表現出來。

《紅樓夢》第四十一回，〈櫳翠庵茶品梅花雪　怡紅院劫遇母蝗蟲〉，賈母款待完了劉姥姥，丫鬟們正來請用點心，賈母道：「吃了兩杯酒，倒也不餓了。也罷，就拿了這裏來，大家隨便吃些罷。」丫頭們便去抬了兩張高几來，又端了兩個小捧盒來。揭開看時，每個盒內兩樣，這盒內是兩樣蒸食：一樣是藕粉桂糖糕，一樣是松瓤鵝油卷；那盒內是兩樣炸的：一樣是只有一寸來大的小餃兒，……」其中藕粉桂糖糕是一道江南精美糕點，主原料是藕粉。藕粉的製作，首先將蓮藕切片，清水浸泡三天，搗水取汁過濾，沉澱物晾乾後就是藕粉。《日用本草》言藕粉：「清熱除煩，凡嘔血、吐血、瘀血、敗血、一切血證者宜之。」南宋孝宗皇帝趙昚有一次因暴飲暴食，產生胃出血症狀，太醫一直醫不好，後民間獻方，以鮮藕節搗汁熱酒調服，竟讓胃出血的病症痊癒。藕粉有健胃養胃的作用，胃出血的病人吃藕粉，既可滿足胃口，還能發揮止血的功效。

藕粉桂糖糕就是將藕粉與麵粉混合，加入蛋清、白糖與奶油，在揉好的麵團上灑上桂花瓣，用蒸鍋蒸熟即可。

《紅樓夢》第六十二回，〈憨湘雲醉眠芍藥裀　呆香菱情解石榴裙〉中有一段：「說著，只見柳家的果遣了人送了一個盒子來。小燕接著揭開，裏面是一碗蝦丸雞皮湯，又是一碗酒釀清蒸鴨子，一碟醃的胭脂鵝脯，還有一碟四個奶油松瓤卷酥，並一大碗熱騰騰、碧熒熒蒸的綠畦香稻粳米飯。小燕放在案上，走去拿了小菜並碗箸過來，撥了一碗飯。芳官便說：『油膩膩的，誰吃這些東西。』只將湯泡飯吃了一碗，揀了兩塊醃鵝就不吃了。寶玉聞著，倒覺比往常之味有勝些似的，遂吃了一個卷酥，又命小燕也撥了半碗飯，泡湯一吃，十分香甜可口。小燕和芳官都笑了。」

松瓤就是松子，是松科植物紅松的種子，可入藥、做菜，炒熟後可作小吃，平時可當零食食用，還可保護心血管健康，預防因膽固醇過高而引起的心血管疾病。清．黃元御寫的《玉楸藥解》中記載松子的功效：「潤肺止嗽，滑腸通祕，開關逐痺，澤膚榮毛，亦佳善之品。」松子可延年益壽、美容養顏，還可潤滑大腸，對便祕的人很有幫助。

奶油松瓤卷酥做法是將松子搗碎，加上芝麻、奶油、白糖、雞蛋等成餡，平鋪在擀好的麵皮上，捲成如意卷形，用刀切成一塊塊，再入烤箱烘烤即成。奶油松瓤卷酥口感酥鬆甜軟，是一道居家可口點心，可幫助排便，不論老人與小孩都愛吃。

## 透過鼻子治病

一年冬天，晴雯感冒了，發燒又頭疼——《紅樓夢》第五十二回〈俏平兒情掩蝦鬚鐲　勇晴雯病補孔雀裘〉：「晴雯服了藥，至晚間又服了二和，夜間雖有些汗，還未見效，仍是發燒頭疼，鼻塞聲重。次日，王太醫又來診視，另加減湯劑。雖然稍減了燒，仍是頭疼。寶玉便命麝月取鼻煙來給他聞些，痛打幾個噎噴，就通快了。麝月果真去取了一個金鑲雙金星玻璃小扁盒兒來，遞給寶玉。寶玉便揭開盒蓋，裏面是個西洋琺瑯的黃髮赤身女子，兩肋又有肉翅，裏面盛著些真正上等洋煙。晴雯只顧看畫兒。寶玉道：『聞些，走了氣就不好了。』……晴雯聽說，忙用指甲挑了些抽入鼻中，不見怎麼，便又多多挑了些抽入。忽覺鼻中一股酸辣透入顖門，接連打了五六個噎噴，眼淚鼻涕登時齊流。晴雯忙收了盒子，笑道：『了不得，辣！快拿紙來！』早有小丫頭子遞過一搭子細紙，晴雯便一張一張的拿來醒鼻子。寶玉笑問：『如何?』晴雯笑道：『果然通快些。只是太陽還疼。』寶玉笑道：『越發盡用西洋藥治一治，只怕就好了。』說著，便命麝月：『往二奶奶要去，就說我說了：姐姐那裏常有那西洋貼頭疼的膏子藥，叫做依弗哪，我尋一點兒。』」

有時傳統煎藥頗為麻煩，又要抓藥，又要煮藥，花了不少時間，如果有現成的就方便多了。寶玉心疼晴雯，讓晴雯吸鼻煙解決鼻塞流鼻涕的痛苦，晴雯後來就拚了老命整夜替寶玉縫補孔雀裘。「依弗哪」據說是來自法語 è phè drine，即治感冒、貼頭疼的「麻黃浸膏」。

鼻子嗅鼻煙，屬於中醫的納鼻療法，算是中醫的外治法，也是需要辯證論治的，透過鼻黏膜的吸收，肺朝百脈，對全身經絡起刺激作用，可預防及治療疾病。納鼻療法包括鼻嗅、鼻吸、吹鼻、塞鼻與水煎後聞吸等療法。鼻黏膜分布豐富的毛細血管，鼻腔靜脈與顱內靜脈直接相通，鼻後下部靜脈匯入頸內外靜脈，上部靜脈經眼睛匯入海綿竇，亦可經由篩靜脈進入顱內靜脈與硬腦膜竇，鼻黏膜血管缺乏內彈力膜層，多孔性，藥物經鼻腔吸入更為完全。

例如小兒難以服藥，可將藥物指按於鼻孔，吸入鼻內。如感冒時，可用川芎、白芷、荊芥、薄荷、羌活、藿香、冰片、細心、辛夷等磨成極細粒，或包布聞，有通關開竅、發汗袪邪的作用。

有些藥物對鼻黏膜有強烈的刺激作用，產生噴嚏、流涕、溢淚等等反應，此種藥物多聞辛香走竄之品。打噴嚏時可通關開竅，激發身體諸氣的運行，對人體氣機的功能活動，有極強的鼓舞作用。有時反應愈明顯，療效愈佳。

## 從「二老」腹瀉談起

腹瀉是很常見的疾病，不論貴賤貧富都可能出現。《紅樓夢》第十一回〈慶壽辰寧府排家宴　見熙鳳賈瑞起淫心〉，賈母吃壞肚子了，其中描述：「鳳姐兒未等王夫人開口，先說道：『老太太昨日還說要來呢，因為晚上看見寶兄弟吃桃兒，他老人家又嘴饞，吃了有大半個，五更天時候，就一連起來兩次，今日早晨，略覺身子倦些。因叫我回大爺，今日斷不能來了，說有好吃的要幾樣，還要很爛的呢。』賈珍聽了，笑道：『我說老祖宗是愛熱鬧的，今日不來，必定有個緣故。這就是了。』」

桃子在中國文化中向來都是吉祥的象徵，傳說中，桃是神仙吃的果實。吃了頭等大桃，可「與天地同壽，與日月同庚」；吃了二等中桃，可「霞舉飛升，長生不老」；吃了三等小桃子，也可以「成仙得道，體健身輕」，正因為此，桃子被稱為「仙桃」、「壽桃」。這時正是賈敬的壽辰，賈珍挑選了上等果品十六大捧盒來與眾人，老祖宗賈母見子孫齊聚熱熱鬧鬧的，非常高興，只可惜吃了桃子竟消化不良，拉了好幾次。

《紅樓夢》第四十一回〈賈寶玉品茶櫳翠庵　劉姥姥醉臥怡紅院〉，劉姥姥逛大觀園來了：「那劉姥姥因喝了些酒，他的脾氣和黃酒不相宜，且吃了許多油膩飲食，發渴，多喝了幾碗茶，不免通瀉起來，蹲了半日方完。及出廁來，酒被風吹，且年邁之人，蹲了半天，忽一起身，只覺眼花頭暈，辨不出路徑。」酒為大熱之品，再加上油膩之物，讓劉姥姥瀉個痛快，頭都暈了。

由上兩個例子可知，不論平日是錦衣玉食，或是粗茶淡飯，吃了不對的東西，仍是可能產生腹瀉的毛病。泄瀉本兩種狀況，大便溏薄稱為泄，便如水注稱為瀉，一較輕微，一較嚴重，統稱泄瀉。泄瀉本為脾胃問題，不論是感冒、傷風、咳嗽，或飲食不慎，或情緒不暢，均可能產生泄瀉。傷風感冒常與病毒感染有關，嚴重者如輪狀病毒、諾羅病毒等，產生嚴重泄瀉，一般的感冒病毒也會致瀉；賈母與劉姥姥腹瀉的原因比較簡單，就是飲食不慎而已，而情志所傷的泄瀉，中醫稱為木剋脾土的泄瀉，就是發了脾氣，甚或是情緒焦慮緊張，肝氣鬱結，脾土為肝木所影響導致的泄瀉，臨床上最常用的是〈痛瀉藥方〉，為明代太醫劉草窗所創，就白朮、白芍、陳皮、防風四味藥，能夠補脾瀉肝，祛濕止瀉，對於肝旺脾虛，木乘脾土，脾受剋制，運化失常導致腹瀉卓有效用。

急性腹瀉來的快去得快，常有肛門灼熱、口渴喜飲、大便惡臭、舌苔垢膩的情形，常用清利溼熱的方法即可奏效；慢性泄瀉是腹瀉很久了，神疲肢軟，噯氣食少，是腎已經虛了，要脾腎雙補才會好。

## 面若桃花　肺腎陰虛

《紅樓夢》第四十五回〈金蘭契互剖金蘭語　風雨夕悶制風雨詞〉，描述黛玉又開始咳嗽了，「黛玉每歲至春分秋分後，必犯舊疾。今秋又遇著賈母高興，多遊玩了兩次，未免過勞了神，近日又復嗽起來，覺得比往常又重。所以總不出門，只在自己房中將養。有時悶了，又盼個姐妹來說些閒話排遣；及至寶釵等來望候她，說不得三五句話，又厭煩了。眾人都體諒她病中，且素日形體姣弱，禁不得一些委屈……黛玉歎道：『死生有命，富貴在天』，也不是人力可以強求的！今年比往年反覺又重了些似的。」說話之間，已咳嗽了兩三次。寶釵道：「昨兒我看妳那藥方上人參肉桂覺得太多了。雖說益氣補神，也不宜太熱，依我說：先以平肝養胃為要。肝火一平，不能剋土，胃氣無病，飲食就可以養人了。每日早起，拿上等燕窩一兩，冰糖五錢，用銀吊子熬出粥來，要吃慣了，比藥還強，最是滋陰補氣的。」

寶釵是相當懂得醫理的，她知道黛玉咳嗽的症狀是肺腎陰虛，面帶桃花，時而咳血，身體消瘦，不能老是吃著她的「人參養榮丸」，人參肉桂確實不少，陰虛者最忌諱就是一味的補陽氣，內熱已盛，虛火已旺，相火很大，腎水不足，如何能一味的補呢？所謂虛不受補，臉已發紅發燙，再補下去真要吐血了！

咳嗽是林黛玉的老毛病，春分、秋分必犯，一方面是季節交替，肺部受邪；一方面春季陽氣受盛，秋季燥氣主令，陽盛可致陰傷，燥盛亦傷肺陰，都是導致黛玉咳嗽的原因。薛寶釵建議她服用燕窩粥，真是妙極了！真不愧人情世故了然於胸，醫學才氣不遑多讓，建議得恰到好處！黛玉素來就不斷地補氣補血，常常人參養榮丸不離手，現在寶釵覺得她應該陰氣滋補一番，服用些養陰益氣的藥物。

在五行中，肺屬金，腎屬水，金可生水，水也可以生金，醫學上稱為金水相生，因為肺金輸布可以滋腎，腎水上承可以養肺，肺腎陰液相互滋養；若肺虛，腎失去了滋生之源，或腎虛，相火灼金耗母氣，進而出現肺腎陰虛，就會像林黛玉一樣，面若桃花，咳嗽不止。

健康人的身體是陰陽平衡，如果人體的陰太少，就會虛火上泛，產生陰虛火旺的症狀，如五心煩熱（雙手心、雙腳心、頭頂）、面部潮紅、唇紅口乾等。對於虛火太甚、腎水不足者，一定要滋陰補腎，才能保持陰陽平衡，身體不致生病，如百合固金湯，對林黛玉就很好，藥物有生地黃、熟地黃、麥冬、百合、芍藥、當歸、貝母、甘草、元參、桔梗等，有養陰清熱、潤肺化痰的作用，對於肺腎陰虧、虛火上炎、咽喉乾燥、咳嗽氣喘、咳痰帶血、手足心熱、舌紅少苔等現象，都有相當好的療效。

## 紅樓養生心法

紅樓夢第52回〈俏平兒情掩蝦鬚鐲　勇晴雯病補孔雀裘〉，寶玉一早起來後外出，「寶玉梳洗已畢，麝月道：『天又陰陰的，只怕下雪，穿一套氈子的罷。』寶玉點頭，即時換了衣裳。小丫頭便用小茶盤捧了一蓋碗建蓮紅棗湯來，寶玉喝了兩口。麝月又捧過一小碟法製紫薑來，寶玉噙了一塊。又囑咐了晴雯，便忙往賈母處來。」寶玉是賈府的中心人物，賈母的心肝寶貝，日常起居都有人精心照顧伺候；建蓮益腎固精、補脾止瀉、止帶、養心；紅棗補中益氣、養血安神；紫薑又叫「子薑」，即生薑，因尖部發紫而得名，味辛，常可用於烹飪，去腥味，功用為發汗解表、溫中止嘔、溫肺止咳等。李時珍評生薑時說道：「薑辛而不葷，去邪辟惡，生啖熟食，醋、醬、料、鹽，蜜煎調和，無不宜之。可蔬可和，可果可藥，其利博矣。凡早行山，宜含一塊，不犯霧露清溼之氣，及山嵐不正之邪。」可說此三者，都是很好的保健食材，寶玉真是被照顧得很好，處處都很周到。

紅樓夢第76回〈凸碧堂品笛感淒清　凹晶館聯詩悲寂寞〉，中秋節，賈母在凸碧堂賞月，「鴛鴦拿巾兜與大斗篷來，說：『夜深了，恐露水下了，風吹了頭，坐坐也該歇了。』賈母道：『偏今兒高興，你又來催。難道我醉了不成？偏要坐到天亮！』因命再斟來，一面戴上兜巾，披了斗篷，大家陪著又飲，說些笑話。只聽桂花陰裏又發出一縷笛音來，果然比先越發淒涼，大家都寂然而坐。」百病寒為先，養生先保暖，鴛鴦拿了巾兜與大斗篷，正是時候。

紅樓夢第8回〈賈寶玉奇緣識金鎖　薛寶釵巧合認通靈〉，寶玉見黛玉披了個大紅羽緞對襟褂子，便問李嬤嬤：「『下雪了麼？』地下老婆們說：『下了這半日了。』寶玉道：『取了我的斗篷來。』」紫鵑也叫雪雁為黛玉送來小手爐，都是為了預防受寒。

紅樓夢第57回〈慧紫鵑情辭試莽玉　慈姨媽愛語慰癡顰〉寶釵見邢夫人的姪女邢岫煙穿的單薄，「寶釵笑問他：『這天還冷的很，你怎麼倒全換了夾的了？』岫煙見問，低頭不答。寶釵便知道又有了原故，因又笑問道：『必定是這個月的月錢又沒得？……』寶釵道：『我到瀟湘館去。你且回去把那當票子叫丫頭送來，我那裏悄悄的取出來，晚上再悄悄的送給你去，早晚好穿；不然，風閃著還了得！……』

一年四季寒來暑往的，寒氣襲人常是後患無窮，寒氣侵襲常是先感到冷了，再冷下去就會抵抗力減弱，風寒之邪入侵，寒氣也常會引起內臟器官痙攣，產生胃痛、腹痛或生理痛等等。寒氣在肌肉，時間久了，會有肌肉僵直、腰痠背痛的現象，寒氣積累到一定程度，會侵入經絡，產生氣滯血瘀，誘發各種難以治癒的病症，因此要注意保暖，是天冷養生的第一要項。

# 合歡花解憂鬱安心神

合歡樹，簡稱「合歡」，其小葉一到夜晚就閉合到一起。相傳虞舜南巡倉梧而死，其妃娥皇、女英遍尋湘江，終未尋見，終日慟哭，淚盡滴血，血盡而死。她們的精靈與虞舜的精靈合而為一，變成了合歡樹。唐．韋莊有詩云：「虞舜南巡去不歸，二妃相誓死江湄。空留萬古香魂在，結作雙葩合一枝。」合歡樹葉，晝開夜合，相親相愛，象徵忠貞不渝的愛情。合歡的花入藥，有解鬱安神、滋陰補陽、理氣開胃、活絡止痛的作用，還能安五臟、和心志、悅顏色，對鬱結胸悶與健忘、憂鬱、不寐等有良好作用。

紅樓夢第38回〈林瀟湘魁奪菊花詩　薛蘅蕪諷和螃蟹詠〉，黛玉吃了螃蟹，覺得心口疼，寶玉拿了燒酒來給他散寒止痛：「黛玉放下釣竿，走至座間，拿起那烏銀梅花自斟壺來，揀了一個小小的海棠凍石蕉葉杯。丫頭看見，知他要飲酒，忙著走上來斟。黛玉道：『你們只管吃去，讓我自己斟，纔有趣兒。』說著，便斟了半盞，看時，卻是黃酒。因說道：『我吃了一點子螃蟹，覺得心口微微的疼，須得熱熱的吃口燒酒。』寶玉忙接道：『有燒酒。』便命將那合歡花浸的酒燙一壺來。」螃蟹為大寒之物，黛玉平素脾胃本虛弱，吃了便出現胃疼，喝了合歡花泡的燒酒才覺好些。

合歡花是豆科，合歡屬落葉喬木，喜溫暖濕潤和陽光充足的環境，氣微香味淡，世界各地都有栽培，花絲呈粉紅色，是城市行道樹、觀賞樹，多用於製家具，嫩葉可食，老葉含鞣酸，可洗衣服；樹皮供藥用，除寧神外，還有驅蟲之效，對神經衰弱卓有功效。《神農本草經》中提到：「合歡，安五臟，和心志，令人歡樂無憂。」

合歡花樹形姿勢優美，葉形雅致，樹冠開闊，入夏綠蔭清幽，羽狀複葉晝開夜合，十分清奇，夏日粉紅色絨花吐豔，十分美麗。明．

李東陽寫了一首〈夜合歡〉：「夜合枝頭別有春，坐含風露入清晨。任他明月能相照，斂盡芳心不向人。」夜合花就是合歡，夫婦合巹（結婚）時共飲合歡花茶，喻婚姻天合。西晉嵇康《養生論》云：「合歡蠲忿，萱草忘憂」，又合歡花的美麗與優點，澳大利亞將之作為國花。

清．喬茂才〈夜合花〉中提到：「朝看無情暮有情，送行不合合留行。長亭詩句河橋酒，一樹紅絨落馬纓。」合歡花朝綻夜合，猶如人間的生離死別，清早奔放，至晚葉成對梳攏，頗似人間兒女情長。

清．納蘭性德寫了一首〈惆悵彩雲飛〉：「惆悵彩雲飛，碧落知何許。不見合歡花，空倚相思樹。總是別時情，那待分明語。判得最長宵，數盡厭厭雨。」這首詩寫於妻子盧氏去世之後，感到天上人間的差別，彩雲飛逝，如天人相隔的愛人，徒然惆悵。合歡在詩人的眼裏，盡是甜蜜愛情的回憶，念念不忘那琴瑟和鳴的美好。

# 馮紫英推銷防蚊的鮫綃帳

馮紫英是《紅樓夢》人物，為神武將軍馮唐之子，與賈寶玉、薛蟠等人交往較為密切。秦可卿病重時，他把儒醫張友士推薦給賈珍。薛蟠做生日時亦在場。後來又做東與賈寶玉、薛蟠，還有唱小旦的琪官和錦香院的雲兒飲酒唱曲。最後一次出場在後四十回，他受朋友之託帶了四件西洋貢品去見賈政，其中之一就是鮫綃帳。馮紫英在全書中是一個交遊很廣，帶有某些紈絝習氣的年輕公子。

《紅樓夢》第九十二回〈評女傳巧姐慕賢良　玩母珠賈政參聚散〉中，馮紫英去找賈政，帶了四種洋貨，一是紫檀雕刻的圍屏，有二十四扇革子；再來是一個鐘錶，會報時辰的；三是大珍珠，最後一個就是鮫綃帳，包在錦匣子中，「在匣子裏拿出來時，疊得長不滿五寸，厚不上半寸，馮紫英一層一層的打開，打到十來層，已經桌上鋪不下了。馮紫英道：『你看，裏頭還有兩摺，必得高屋裏去才張得下。這就是鮫絲所織，暑熱天氣張在堂屋裏頭，蒼蠅蚊子一個不能進來，又輕又亮。』」這四樣東西都是洋貨，價值不斐，「馮紫英道：『這四件東西價兒也不很貴，兩萬銀他就賣。母珠一萬，鮫綃帳五千，《漢宮春曉》與自鳴鐘五千。』賈政道：『那哪裏買得起？』馮紫英道：『你們是個國戚，難道宮裏頭用不著麼？』賈政道：『用得著的很多，只是哪裏有這些銀子？等我叫人拿進去給老太太瞧瞧。』馮紫英道：『很是。』」《漢宮春曉》是紫檀圍屏上的硝子石鏤出的山水、人物、樓臺、花鳥等物的圖案。

此時賈家已經敗落，已無法像過去那樣闊氣，「賈政便著人叫賈璉把這兩件東西送到老太太那邊去，並叫人請了邢、王二夫人、鳳姐兒都來瞧著，又把兩樣東西一一試過。賈璉道：『他還有兩件：一件是圍屏。一件是樂鐘。共總要賣二萬銀子呢。』鳳姐兒接著道：『東西自然是好的，但是哪裏有這些閒錢。咱們又不比外任督撫要辦貢。我已經想了好些年了，像咱們這種人家，必得置些不動搖的根基才好，或是祭地，或是義莊，再置些墳屋。往後子孫遇見不得意的事，還是點兒底子，不到一敗塗地。我的意思是這樣，不知老太太、老爺、太太們怎麼樣？若是外頭老爺們要買，只管買。』賈母與眾人都說：『這話說的倒也是。』」

蚊子在當年仍可傳染瘧疾、腦炎、絲蟲病、登革熱等等，但這理清楚的看到賈府已小心翼翼的處理自家財務事項；鮫綃帳自是稀世珍品，長不滿五寸，厚不上半寸，撐開可張在高大的堂屋，蒼蠅蚊子飛不進來，可見其輕亮薄，網眼小，製作工藝精良，在當世可算是不可多的寶物。但堂堂賈府已不復當年，不敢買也。

## 虎狼藥讓尤二姐流產

《紅樓夢》中尤二姐是尤氏繼母帶來的女兒，與尤氏並無血緣關係，被賈璉偷娶為二房，並安置在榮國府之外；其本性多愁善感、溫柔美麗，曾與賈珍有染，但嫁予賈璉後便忠心不二，後被平兒無意中知道而告訴王熙鳳，王熙鳳趁賈璉出差時接尤二姐回家中虐待，在外利用尤二姐已退婚的丈夫張華毀謗二姐名聲，表面上是疼愛有加，私底下卻用秋桐借刀殺人，讓尤二姐三餐不繼，對其欺凌辱罵等。雖然平兒不忍心曾多次幫助，後悔將此事告訴王熙鳳，但在如此艱難的環境下，卻不知何處請來了庸醫將尤二姐快成形的胎兒活活打下，尤二姐在精神壓力極大之下最後吞金自殺身亡。

第六十八回〈弄小巧用借劍殺人　覺大限吞生金自逝〉中提到尤二姐受虐情形：「那尤二姐原是個『花為腸肚，雪作肌膚』如何禁得這般磨折？不過受了一個月的暗氣，便懨懨得了一病，四肢懶動，茶飯不進，漸次黃瘦下去。」但此時腹中已有了身孕，賈璉要請王太醫來診治，但王太醫生病了，不得已請來當年為晴雯診治的胡君榮。這位胡庸醫醫術實為一般，在此書中論述道：「賈璉便說：『已是三月庚信不行，又常嘔酸，恐是胎氣。』胡君榮聽了，復又命老婆子請出手來，再看半日，說：『若論胎氣，肝脈自應洪大；然木盛則生火，經水不調，亦皆因肝木所致。醫生要大膽，須得請奶奶將金面略露一露，醫生觀觀氣色，方敢下藥。』賈璉無法，只得命將帳子掀起一縫。尤二姐露出臉來。胡君榮一見，早已魂飛天外，那裏還能辨氣色？一時掩了帳子，賈璉陪他出來，問是如何。胡太醫道：『不是胎氣，只是瘀血凝結。如今只以下瘀通經要緊。』於是寫了一方，作辭而去。」這位胡庸醫原先認得尤二姐，但驚其形貌變化如此巨大之故，讓其魂飛天外。

但是庸醫殺人不用刀，胡君榮開立的虎狼藥，不但將胎兒打下，差點連尤二姐的命都收了：「賈璉命人送了藥禮，抓了藥來，調服下去。只半夜，尤二姐腹痛不止，誰知竟將一個已成形的男胎打下來。於是血行不止，二姐就昏迷過去，賈璉聞知，大罵胡君榮。一面遣人再去請醫調治，一面命人去打告胡君榮。胡君榮聽了，早已捲包逃走。」

虎狼藥是指病人禁受不起的烈藥。胡庸醫第一次為晴雯開藥時，藥性峻猛，被寶玉看出來，將其趕了出去，現在又再一次用虎狼之劑於尤二姐身上。中醫的治療以恢復人體的自癒能力為目的，食療為首選，藥食同源，盡量避免太過峻猛的藥物，不得已使用時，也要求中病即止。而且中醫有一套複雜完整的炮製、配伍理論，來消除制約抵消藥物對人體的不良反應。不懂中醫而使用中藥，是人禍而不是藥禍。

## 晴雯這一冷，果然厲害

中醫將傷風感冒分成風寒與風熱。

晴雯是《紅樓夢》中服侍賈寶玉的幾個大丫鬟之一，水蛇腰，削肩膀，眉眼有點像林妹妹。書中她映襯著林黛玉，又稱黛副。晴雯口齒伶俐，聰明過頂，個性剛烈，敢愛敢恨，有〈勇晴雯病補孔雀裘〉一回，極言其心靈手巧，神情躍然紙上。她死後賈寶玉作〈芙蓉女兒誄〉祭她，其中一句是與黛玉爭論後改的：「茜紗窗下，我本無緣；黃土壟中，卿何薄命！」竟有人認為這是暗示黛玉的命運。判詞中如此描述道：「霽月難逢，彩雲易散；心比天高，身為下賤。風流靈巧招人怨。壽夭多因毀謗生，多情公子空牽念。」

有一天晚上，三更（午夜12點）以後，寶玉要喝茶，晴雯、麝月都醒了，喝過茶後，麝月到院裏去，晴雯想哄她玩，仗著平日氣壯，不怕寒冷，也不披衣，只穿著小襖，便要出去。寶玉笑勸道：「看凍著，不是玩的。」晴雯只擺手，隨後出了房門。只見月光如水，忽然一陣微風，只覺侵肌透骨，不禁毛骨森然。心下自思道：「怪道人說熱身子不可被風吹，這一冷果然厲害。」晴雯凍得冰涼，兩腮凍如胭脂一般，接著麝月道：「你死不揀好日子！你出去站一站，把皮不凍破了你的。」說著，又將火盆上的銅罩揭起，拿灰鍬重將熟炭埋了一埋，拈了兩塊素香放上。……晴雯因方才一冷，如今又一暖，不覺打了兩個噴嚏。寶玉嘆道：「如何？到底傷了風了。」……至次日起來，晴雯果覺有些鼻塞聲重，懶怠動彈。

冬天天氣冷，稍一不注意，就會患傷風感冒，有些人是流鼻水打噴嚏，有些人是喉嚨痛發燒，有些人則是鼻塞喉嚨痛，症狀各不同，但中醫總歸就是將傷風感冒分成風寒與風熱。如喉嚨痛、口乾、發熱為風熱，鼻塞、流清涕就是風寒，但「這一冷果然厲害」，所有的傷風皆是先受涼，很快出現風寒症狀，但體質壯實較熱性的人就又會轉為熱症，喉痛咽腫就會出現了。同樣咳嗽也分熱咳與寒咳，凡是痰清口淡不渴的，就是寒咳，而口渴痰黃者為熱咳，但熱症也皆由寒症轉化而來。

其實寶玉對於傷風感冒這事還頗為敏感的，他為祭奠心愛的丫鬟晴雯時創作〈芙蓉女兒誄〉祭文，即便作品文采飛揚、感情真摯、寓意深刻的同時，也不忘提醒黛玉：「這裏風冷，咱們只顧呆站在這裏，快回去罷。」只因他聽到黛玉咳嗽了起來。隨後寶玉又再吟詩一首：

「池塘一夜秋風冷，吹散芰荷紅玉影。……」

## 寶玉喝桂圓湯後日漸康復

桂圓是年節佳品，也是滋補良藥。

《紅樓夢》是一本描述金陵貴族名門賈、史、王、薛四大家族由鼎盛走向衰亡的歷史為底本的小說。佛家講成住壞滅空，任何人事物，包括王朝、家族也一樣，衰落是由盛至衰的規律，即使在封建社會也是發展的必然，這也是曹雪芹想表達的一方面。

賈府衰亡的原因很多，包括元妃死，賈府失寵；樹大招風，引起妒嫉；王熙鳳專橫跋扈，放高利、造冤案；薛、王、史三家的衰落，使賈府失去最後的屏障，正所謂一榮俱榮，一損俱損。最重要的是賈府子弟毫無作為，印證了盛極必衰的道理。

《紅樓夢》第一百一十六回〈得通靈幻境悟仙緣　送慈柩故鄉全孝道〉寫到賈府被抄家後，寧榮兩府敗落，賈母、元春、鳳姐、黛玉均已亡故，賈赦、賈珍革去世職，派往海疆效力贖罪。某日，丟失的通靈寶玉由和尚送到賈府，麝月一時心喜忘了情，說道：「真是寶貝！才看見了一會兒，就好了。虧的當初沒有砸破！」寶玉聽了這話，神色一變，把玉一摺，身子往後一仰，復又死去，魂魄出竅，回到了太虛幻境，盡見到一些死去的人：黛玉、元春、尤三姐、晴雯、秦可卿……大家正圍著寶玉哭泣不知如何是好時，寶玉醒了過來，由太虛幻境回到了人間；王夫人叫僕婢端了桂圓湯，寶玉喝了幾口，漸漸定了神，後來又連服桂圓湯幾日，一天好似一天。

桂圓就是龍眼，果肉晶瑩、甘甜似蜜、鮮嫩爽口，烘乾曬乾之後果肉呈暗褐色，稱為桂圓乾，都是年節佳品，也是滋補良藥。桂圓品種有三十多種，有大有小，臺灣本地產者也不少，都富含營養，蛋白質含量約為5%，比乾果的蛋白質含量還要高。

荔枝與桂圓有某些相似性，都產於夏季，果肉皆晶瑩白嫩，品性均熱，但滋補以桂圓為良。李時珍在《本草綱目》中寫道：「食品以荔枝為貴，而滋益則龍眼為良。蓋荔枝性熱，而龍眼性和平也。」明代賈所學撰的《藥品化義》中提到：「桂圓，大補陰血。凡上部失血之後，入歸脾湯同蓮肉、芡實以補脾陰，使脾旺統血歸經；如神思勞倦，心經血少，以此助生地、麥冬補養心血；又筋骨過勞，肝臟空虛，以此佐熟地、當歸，滋肝補血。」從文中可看出桂圓補性是非常好的，因此昏懞中寶玉服桂圓湯後精神日進。

桂圓在食品藥膳中應用也很廣，如節日待客佳品八寶飯（桂圓、紅棗、蓮子等多種輔料蒸製的甜食）、桂圓蓮子糕、桂圓枸杞桑椹湯等。在過去，只有達官貴人與富豪之家才能享用到桂圓的食材，現在進入尋常百姓家，作為藥食兩棲的應用，極為廣泛。

## 薛寶釵與冷香丸

薛寶釵在《紅樓夢》被譽為「群芳之冠」，其體態豐滿，品格端方，才德兼備，性格大度，是金陵四大家族之薛家的掌上明珠。但在她冰冷的外表下，卻藏著一顆火熱的心，例如她曾作過〈螃蟹詠〉諷刺貪官污吏；身上掛有一金鎖，刻著「不離不棄，芳齡永繼」八字，與賈寶玉隨身所戴之玉上所刻之「莫失莫忘，仙壽恆昌」恰好是一對，因此有「金玉良姻」之說。

寶釵在海棠詩社別號蘅蕪君，此正因她住在蘅蕪院中，院前香草遍布，院內卻宛若雪洞般冰冷樸素。其代表花卉是牡丹。在情榜中評語已無可考，有人認為是「無情」，但縱是無情也動人。

至於寶釵的外貌，第四回描述她是：「頭上挽著漆黑油光的纂兒，蜜合色棉襖，玫瑰紫二色金銀鼠比肩褂，蔥黃綾棉裙，一色半新不舊，看去不覺奢華。唇不點而紅，眉不畫而翠，臉若銀盆，眼如水杏。罕言寡語，人謂藏愚；安分隨時，自云守拙。」曾使寶玉羨慕得發呆，比起黛玉，更是「另具一種嫵媚風流」。

對於這樣一位才貌雙全的女子，卻有喘嗽的毛病。她巧遇了一位專治無名之症的和尚，或出於憐憫，這位「仙人」告訴她生病的可能原因，就是「從胎裏帶來的一股熱毒」，需一巧方才能得到醫治。這方之巧，可謂集天下之巧為一體：「要春天開的白牡丹花蕊十二兩，夏天開的白荷花蕊十二兩，秋天的白芙蓉花蕊十二兩，冬天開的白梅花蕊十二兩。將這四樣花蕊，於次年春分這日曬乾，和在沒藥一處，一齊研好。又要……白露這日的露水十二錢，霜降這日的霜十二錢，小雪這日的雪十二錢。把這四樣水調勻，和了藥，再加蜂蜜十二錢，白糖十二錢，丸了龍眼大的丸子，盛在舊磁罐內，埋在梨根底下。若發了病時，拿出來吃一丸，用十二分黃柏煎湯送下。」這方可難做了，雨水的天落水、白露的露水、霜降的霜水與小雪的雪水，要真等那日雨水竟不下，那可要等來年再巴望了！

這方對寶釵來說可靈驗了，和尚給它取名叫「冷香丸」，又給了一包沒藥作引，異香異氣的，只要稍有喘嗽，吃一丸症狀也就罷了。藥有對症，自能顯出它的療效，足見寶釵有虛熱一事，實非虛言，因為牡丹花蕊、荷花蕊、芙蓉花蕊、梅花蕊藥性都較為涼散，都用白色的花能夠入肺，配上苦寒燥溼的黃柏，又埋在梨樹下，取梨的生津潤燥清熱之性，寶釵的熱毒自然能夠消散。

四種花蕊與四種水加上黃柏，有九樣；又各藥及配方重量之數皆為十二。在中國文化中，九為最大陽數，十二為最大陰數，兩者相乘一百零八，就是大中之最大，有圓圓滿滿、天意促成之意。如《水滸傳》一百零八位好漢、《紅樓夢》出場女子一百零八位、和尚的念珠一百零八顆等等，實是非比尋常；藥方中隱含一百零八之數，自然能祛疾卻病。

## 虛弱的林黛玉

我們很多人都知道，《紅樓夢》的女主角林黛玉身體頗為虛弱，嘲笑一個人弱不禁風，或可說其身子為林黛玉之質。《紅樓夢》第三回〈金陵城起復賈雨村　榮國府收養林黛玉〉中提到：「眾人見黛玉年貌雖小，其舉止言談不俗，身體面龐雖怯弱不勝，卻有一段自然的風流態度，便知她有不足之症。」不足就是泛指各種虛症了。

虛症一般泛指氣血虛，氣虛症狀有少氣懶言、語聲低微、自汗心悸、頭暈耳鳴等等，血虛有面色蒼白、頭暈目眩、疲倦乏力、手足發麻等。虛症的形成，與先天、後天的關係都有，先天為體質、遺傳因素，後天為生病失養、缺乏鍛鍊等。中醫對虛症的治療，最主要的就是：「形不足者溫之以氣，精不足者補之以味」，就是要補；氣虛補虛，血虛補血，兩者皆虛則氣血雙補，精氣虛更要補腎填精；若氣血暴脫、津液枯竭、陽氣驟衰等，宜峻補，用大劑重劑，救生命於垂危之中；若正氣已虛，邪氣不盛，則不求速效，緩補即可。

黛玉幼時，被照顧得還算很好，在《紅樓夢》第二回中提到：「今如海年已四十，……今只有嫡妻賈氏，生得一女，乳名黛玉，年方五歲。夫妻無子，故愛如珍寶；且又見她聰明清秀，便也欲使她讀書識得幾個字，不過假充養子之意，聊解膝下荒涼之嘆。」但不幸的是，母親竟不幸病故：「這女學生年又小，身體又極怯弱……誰知女學生之母賈氏夫人一疾而終。女學生侍湯奉藥，守喪盡哀……近因女學生哀痛過傷，本自怯弱多病的，觸犯舊症，遂連日不曾上學。」後來黛玉的父親林如海也在五十多歲時去世，父母親都未見長壽，加上自己先天不足，後天缺乏鍛鍊，又是雙親的掌上明珠，自然是嬌生慣養，再加上腸胃吸收不好，又有肺癆之症，造成氣血兩虛。黛玉自己說道：「我自來是如此，從會吃飲食時便吃藥，到今日未斷；請了多少名醫修方配藥，皆不見效……如今還是吃人參養榮丸。」賈母道：「正好，我這裏正配丸藥呢。叫他們多配一料就是了。」

黛玉是一位絕頂聰明、靈秀美麗的女子，在她清高傲慢的性格中，其情感世界，容不得半點污穢雜質。情感世界是專心的、多惱的，而且愛吃醋易傷心，在和寶玉感情纏綿曲折的發展中悲嘆哀傷、哭哭笑笑，使原本嬌弱的身體更加難以承載。

人參是一味補氣的要藥，賈母作為老人，氣血俱衰，人參養榮丸以人參為主藥，輔以其他補氣之藥，補氣補血，自然對症。然而，人參養榮丸雖緩，但畢竟是溫熱之藥，久服傷陰，口舌乾燥，與黛玉的病機有悖，最後黛玉傷心驚心、吐血氣絕，「香魂一縷隨風散，愁緒三更入夢遙」，與這也是不無關係！

## 香菱的乾血之症

香菱是《紅樓夢》第一回就出現的人物，她的父親是甄士隱（諧音「真事隱」），秉性恬淡，每日以觀花種竹、酌酒吟詩為樂，可說是神仙一流人物；膝下有一女，乳名英蓮，就是後來的香菱。

英蓮五歲的元宵節，家奴霍啟（諧音「禍起」）抱她去看社火花燈，半夜中，霍啟因要小解，便將英蓮放在一家門檻上坐著。待他小解回來時，卻不見了英蓮，急得他直尋了半夜，至天明不見，便不敢回來見主人，逃往他鄉而去。英蓮被拐走後，從掌上明珠一下子變為奴婢，挨打受罵，嘗盡折磨，至十二、三歲，又被轉賣，新主本是馮淵。馮淵一眼看上，本立意買來做妾，設誓再也不娶第二個，但拐子貪財，未進馮家又轉賣給薛家，意欲捲兩家銀兩逃走；但薛家公子是著名的「呆霸王」薛蟠，不但將馮淵打死，還把拐子打個半死，將英蓮收作妾，改名香菱。薛蟠是位紈褲子弟，本不知溫柔體貼，更甭提愛情為何物，足足將香菱做奴婢使喚，香菱的日子甚不好過。

薛蟠又娶了一正房夏金桂，《紅樓夢》寫道：「原來這夏家小姐今年方十七歲，生得亦頗有姿色，亦頗識得幾個字。若論心中的丘壑經緯，頗步熙鳳之後塵……嬌養太過，竟釀成個盜蹠的性氣。愛自己尊若菩薩，窺他人穢如糞土，外具花柳之姿，內秉風雷之性……又見有香菱這等一個才貌俱全的愛妾在室，越發添了『宋太祖滅南唐』之意。」妒婦夏金桂視善良柔弱的香菱為眼中釘、肉中刺，欲致之死地而後快。香菱飽受凌辱欺侮，冤無處訴，時常「對月傷悲，挑燈自嘆」。在金桂的調唆之下，薛潘對香菱大打出手，抓起門閂，不容分說，劈頭劈臉渾身打起來。香菱本身體瘦弱，精神抑鬱，現加以氣怒傷感，內外挫折不堪，竟釀成乾血之症，「日漸羸瘦作燒，飲食懶進，請醫診視服藥亦不效驗。」

最後，金桂在香菱湯中放下砒霜，欲置之於死地，但薛蟠的另一姬妾將金桂與香菱的湯碗調換了一下，金桂暴死。金桂以害人始，害己終，自作自受，而香菱算白撿了一條性命。

乾血之症就是月經不來了，香菱在飽受凌辱之下，氣血大虧，不但食慾不振，還有陣陣低燒，憂鬱傷心。但情境的轉換，可說是一帖靈丹妙藥：香菱本天資聰穎，甚好作詩，常廢寢忘食，潛心體會；當金桂暴死之後，在薛姨媽的指使下，薛蟠將香菱扶了正，香菱的乾血之症就慢慢的好了。月經正常了之後，就容易有喜訊，最後香菱還為薛家生了一個兒子，但由於飽受折磨之後身體終究羸弱，仍難產而死，應了一開始的讖語：「根並荷花一莖香，平生遭際實堪傷；自從兩地生孤木，致使香魂返故鄉。」

## 祝由術能治病亦能害人

中國古代的醫學分成很多科目，如：大方脈、小方脈、婦人科、瘡瘍科、針灸科、眼科、口齒科、咽喉科、傷寒科、接骨科、金鏃科、按摩科以及祝由科。祝由科在第十三科，所以又稱為祝由十三科。祝由是道家的邊緣小道，多由師父帶徒弟的方法，口傳心授。

《黃帝內經》中談到祝由，說只可用之於古人：「黃帝問曰：余聞古之治病，惟其移精變氣，可祝由而已。今世治病，毒藥治其內，鍼石治其外，或愈或不愈，何也。」黃帝的老師歧伯回答說：「往古人居禽獸之間，動作以避寒，陰居以避暑，內無眷慕之累，外無伸宦之形，此恬憺之世，邪不能深入也。故毒藥不能治其內，鍼石不能治其外，故可移精祝由而已。當今之世不然，憂患緣其內，苦形傷其外，又失四時之從，逆寒暑之宜，賊風數至，虛邪朝夕，內至五藏骨髓，外傷空竅肌膚，所以小病必甚，大病必死，故祝由不能已也。」黃帝的老師歧伯認為，古人生活比較簡單，所以一點小病，用祝由之術驅驅邪就可以了，現代的人生活思想複雜，病邪深入，祝由已無能為力了！

祝由術是包括中草藥在內的，借符咒禁禳來治療疾病的一種方法。「祝」者咒也，「由」者病的原由也。《紅樓夢》第二十五回〈魘魔法叔嫂逢五鬼　通靈玉蒙蔽遇雙真〉談到以祝由害人之事：馬道婆貪財，幫趙姨娘行魘魔法，欲置鳳姐和寶玉於死地。馬道婆收了一堆白花花的銀子和欠契，然後「掏出十個紙鉸的青臉白髮的鬼來，並兩個紙人，遞與趙姨娘。又悄悄道：『把他兩個的年庚八字寫在這兩個紙人身上，一併五個鬼都掖在他們各人的床上就完了。我只在家裏作法，自有效驗。千萬小心，不要害怕！』正才說著，只見王夫人的丫鬟進來找道：『奶奶可在這裏，太太等你呢。』二人方散了，不在話下。」

馬道婆作法時，寶玉果然大叫頭疼，亂嚷亂叫，亂蹦亂跳，紅樓夢中描述道：「寶玉忽然『噯喲』了一聲，說：『好頭疼！』林黛玉道：『該，阿彌陀佛！』只見寶玉大叫一聲：『我要死！』將身一縱，離地跳有三四尺高，嘴裏亂嚷亂叫，說起胡話來了。林黛玉並丫頭們都唬慌了，忙去報知賈母、王夫人等。此時，王子騰的夫人也在這裏，都一齊來時，寶玉越發拿刀弄杖，尋死覓活的。」而鳳姐也魔性大發：「只見鳳姐手持一把明晃晃鋼刀砍進園來，見雞殺雞，見狗殺狗，見人就要殺人。」後有不知來歷的道人點化，才如夢初醒。

《紅樓夢》中所述馬道婆為了錢財，不行正道，使寶玉與鳳姐魘魔，並幾乎不明不白地死掉。祝由本是可以治病的，但如果落在壞人手裏，就只能變成害人的一種方法了。

## 揮汗如雨—留意汗出異常

夏日炎炎，暑熱蒸騰，常常走幾步路就讓人汗流浹背。但是在涼爽的空調間中仍是汗出不止，這就會讓人懷疑有汗出異常現象了。

汗出異常，有自汗、盜汗二種。自汗指白晝時時汗出，動輒益甚；盜汗係睡眠時出汗，醒後自止。

中醫認為，汗為心液，乃水穀精微所化，由陽氣蒸化津液，發泄於肌膚而成。故內經中說到：「陽加於陰，謂之汗。」在正常情況下機體陰平陽秘，營衛和調，肌腠固密，則津液內斂而無異常汗出。

營衛廣泛指氣血，營主內衛主外，營主血衛主氣，營衛和調簡單的說是氣血和調，免疫功能好的意思。若營衛失調，表虛不固，陽氣衰微，陰氣火旺，濕熱內蘊，而使臟腑陰陽氣血失於調和，腠理開合不利，都能引起汗出異常。

簡單的說，腠理是指體表防禦功能，開合不利是說腠理一開一合，以達正常體表防禦疾病功能，表示體表防禦功能差。腠理開合，由衛氣職司。陽氣發越，衛失固密，則津液外泄而為汗。汗出過多則能導致陰被耗泄，氣血津液受損。

故內經中說：「奪血者無汗，奪汗者無血。」衛氣就是營衛中的衛，衛主外主氣，衛失固密就是衛外功能失常，津液外泄，容易導致邪氣的入侵，就如同一個國家的國防不好，容易受外敵的入侵。

《紅樓夢》第五回，賈寶玉夢遊太虛幻境，在夢中與秦可卿兒女之事後攜手遊玩，來到一個所在，「只聽迷津內響如雷聲，有許多夜叉海鬼，將寶玉拖將下去，嚇得寶玉汗下如雨，一面失聲喊叫：『可卿救我！』嚇得襲人輩眾丫環忙上來摟住。」寶玉夢中出汗，即為「盜汗」。

盜汗為入睡後不自覺的汗出、醒後即止的症狀。嚴重者，一閉眼就汗出如洗，清醒後汗就停止，一整夜可數次，衣衫被褥濕透，如出沒鬼祟的盜賊般的汗出。

《紅樓夢》第二十九回，黛玉與寶玉爭吵後，「臉紅頭脹，一行啼哭，一行氣湊，一行是淚，一行是汗，不甚怯弱。」平時清醒時有較多汗液流出，一經活動，往往汗出更甚。黛玉與寶玉發生爭吵，情緒激動而出汗，是較典型的「自汗」症狀了。

汗出異常，若汗出怕風、怕冷、倦怠乏力，食欲減退，容易感冒，面色白，氣喘懶言，因於肺脾氣虛，腠理失固，汗出異常，可用益氣固表法。

若汗多怕風，易於感冒者，偏重於肺虛不固，可用玉屏風散（黃耆、白朮、防風）為主方；其他如丹溪止汗湯（即玉屏風散加牡蠣粉、麻黃根）等也可用。若盜汗、面頰潮紅、五心煩熱、午後低燒，口燥咽乾，舌紅少苔，可用滋陰清熱法，適於腎精虧乏，陰虛內熱者。方藥如知柏地黃湯和當歸六黃湯等補陰壯水，清熱降火。

## 中醫的陰陽論

談到中醫，常會先論道，再論陰陽五行，然後論及四診八綱、經絡臟象、用藥與各種醫技，這些組成中醫的理論體系，但這體系的核心是「陰陽五行」。

古典名著《紅樓夢》第31回：〈撕扇子作千金一笑　因麒麟伏白首雙星〉寫翠縷服侍史湘雲賞荷花，史湘雲借題發揮，和丫鬟翠縷大談陰陽，說道：「天地間都賦陰陽二氣所生，或正或邪，或奇或怪，千變萬化，都是陰陽順逆。多少一生出來，人罕見的就奇，究竟理還是一樣。」又說：「『陰』『陽』兩個字還只是一字，陽盡了就成陰，陰盡了就成陽，不是陰盡了又有個陽生出來，陽盡了又有個陰生出來。」「陰陽可有什麼樣兒，不過是個氣，器物賦了成形。比如天是陽，地就是陰；水是陰，火就是陽；日是陽，月就是陰。」一番高論令小丫鬟頓開茅塞，並說：「人規矩主子為陽，奴才為陰。我連這個大道理也不懂得？」甚至推而廣之，論起：「這些大東西有陰陽也罷了，難道那些蚊子、虼蚤、蠓蟲兒、花兒、草兒、瓦片兒、磚頭兒也有陰陽不成？」史湘雲知道小丫鬟悟了，悟了什麼？就是萬事萬物皆可分出陰陽來。

曹雪芹寫大觀園裏的小姐丫鬟論陰陽，從一個側面反映了陰陽學說的普及程度，可謂家喻戶曉，婦孺皆知。

翻開《辭源》，關於「陰」、「陽」的詞條就有數十，如：陰人陽人、陰間陽間、陰宅陽宅、陰月陽月、陰面陽面、陰坡陽坡、陰謀陽謀、陰位陽位、陰平陽平、陰冷陽和、太陰太陽、陽奉陰違、陰差陽錯等等。其他如：福禍、榮辱、進退、沉浮、窮富、勝敗、功過、是非、生死、強弱、上下、高低、大小、輸贏、賠賺等等，又無不包含陰陽的道理。陰陽的道理貫穿在日常生活的每一個細節之中，不曉陰陽，就無法懂得中國文化。

## 七情也可致命

七情在《黃帝內經》中提及，即「喜、怒、憂、思、悲、恐、驚」七種情志的變化，在佛教中則統歸為「喜、怒、憂、懼、愛、憎、欲」，在儒家則解釋為「喜、怒、哀、懼、愛、惡、欲」七種情緒轉變，但無論怎麼分類與解釋，七情過極都是不好的，甚至會要了性命的。

紅樓夢第16回〈賈元春才選鳳藻宮　秦鯨卿夭逝黃泉路〉中提到，秦家的悲劇：「寧榮兩處上下內外人等莫不歡天喜地，獨有寶玉置若罔聞。你道什麼緣故？原來近日水月庵的智能私逃入城，來找秦鐘，不意被秦業知覺，將智能逐出，將秦鐘打了一頓，自己氣的老病發了，三五日便嗚呼哀哉了。秦鐘本自怯弱，又帶病未痊，受了笞杖，今見老父氣死，悔痛無及，又添了許多病症。因此，寶玉心中悵悵不樂。」

秦業一家三口在半年內先後夭逝，可說是中了「七情之毒」；秦可卿，諧音「情可輕」，似乎暗示其留情是有令人輕蔑之處，她的違倫關係讓其恐懼悔恨，最終不堪其擾，香消玉殞；秦鐘諧音「情種」，秦可卿之弟，面貌美秀，羞澀內向，有著女性的特質，幼時與寶玉同塾，感情特好，被疑有斷袖之癖，在學堂裏又與香憐鬼鬼祟祟，與金榮發生衝突，後又與尼姑智能兒幾次幽會被父親發現後痛打，秦業氣死，最後自己也病死；秦業諧音「情孽」，是他將女兒嫁入賈府，間接促成這段孽緣，而其嗔怒也讓自己一命嗚呼！

天地草木皆有情，七情表現本正常現象，不會致病，但突然強烈的七情刺激，或長期情志過激，會產生臟腑功能逆亂，從而成為致病因素。《黃帝內經》在〈陰陽應象大論〉中提出「怒傷肝，悲勝怒」、「喜傷心，恐勝喜」、「思傷脾，怒勝思」、「憂傷肺，喜勝憂」、「恐傷腎，思勝悲」，不同的情志刺激，會產生不同的病理現象，但若能及時調整，還是有機會挽轉回來。

紅樓夢第77回〈俏丫鬟抱屈夭風流　美優伶斬情歸水月〉中提到，抄檢大觀園後，王夫人將尚在病中的晴雯趕出園子，寶玉來到了她寄居的兄嫂家探望：「寶玉看著，眼中淚直流下來，連自己的身子都不知為何物了，一面問道：「你有什麼說的？趁著沒人告訴我。」晴雯嗚咽道：「有什麼可說的！不過是挨一刻是一刻，挨一日是一日！我已知橫豎不過三五日的光景，我就好回去了。只是一件，我死也不甘心。我雖生得比別人好些，並沒有私情勾引你，怎麼一口死咬定了我是個狐狸精！我今兒既擔了虛名，況且沒了遠限，不是我說一句後悔的話：早知如此，我當日……」說到這裏，氣往上咽，便說不出來，兩手已經冰涼。」晴雯是容不得怨氣的女子，而王夫人對其極度苛刻，冷嘲熱諷，加諸許多不堪的罪名，讓其胸中積滿對世間不滿與憤恨，怨怒淤滯無法抒發，又因病虛弱不堪，最終承受不住，命喪黃泉。

## 紅樓養生舉隅

《紅樓夢》不僅是中國名著，還內含很多養生之道在裏邊，現代讀來，仍別也一番滋味。我們就來看一些常用的養生方法。

現代人感冒就吃藥，也有許多人知道感冒風寒，先喝一點薑湯加上紅糖祛祛寒，但是紅樓養生有一招，就是先餓一餓，讓自己的腸子淨一下。賈府雖是大戶，但從主子到丫環，一日三餐吃的並不多，感冒了，先清清淨淨餓兩頓，或者飲食清淡一些，為什麼這樣能治感冒呢？因為感冒的寒氣瘀滯，常會造成消化不良，脾胃功能受到影響，不如先減輕消化負擔，清理腸胃，餓上幾頓，減少飲食，不但有利脾胃靜養，也可儘早恢復健康。但是飢餓療法也不全然是禁食，可喝些白米粥，夏天放點綠豆，冬天加些糯米，老年人還可放點山藥和棗，配上蘿蔔一起吃，有助消化功能。

喝茶不牛飲也是養生之道。妙玉曾經說過：「一杯為品，二杯即是解渴的蠢物，三杯便是飲牛飲騾了。」賈母吃完食物喜歡喝六安茶，寶玉吃了麵，要喝女兒茶。茶中有鞣酸，有解毒功效，《本草綱目》中提到：「茶苦而寒，陰中之陰，沉也，降也，最能降火。」因此茶喝多了，腸胃功能反而會失調，因此喝茶還要看體質，如胃寒、月經遲來的女性，少喝綠茶，因為比較涼，即使冬天一般人也不要喝太濃的綠茶，喝熟茶比較好。

大家都知道按摩可以養生，紅樓故事中，丫環給賈母、王夫人捶背的場景比比皆是，可說是最常見的保健方法之一。背上有三條重要的經絡，沿著脊柱是督脈，是人體陽中之陽，兩邊距督脈1.5吋是膀胱經，有著相應的五臟六腑穴道。搥背不可太重，要輕，五指併攏稍微彎曲，沿著脊柱上下到兩邊，下午三點到五點，膀胱經當令之時，對五臟六腑的養生效果最好。

現代豆腐皮可做壽司，但紅樓中用豆腐皮包上木耳、香菇、青菜等蒸成包子，稱為長壽包，在清代作為貢品給皇上吃，是很好的養生食物，因為豆腐含有大豆異黃酮，可延緩衰老，木耳可降血脂，加上營養的香菇、養生的青菜，非常的健康。

賈母在晚上吃消夜的時候，雖然有鴨肉粥、紅棗白米粥等，但卻選上清淡去油膩的杏仁茶，因為她知道夜間食用過甜或油膩的食物，會傷害身體，影響消化。杏仁有止咳定喘、生津潤腸通便的作用。李時珍形容杏仁說道：「杏仁能散能降，故解肌散風，降氣潤燥，消積治傷損藥中用之。」清代張秉成所著《本草便讀》中形容杏仁：「功專降氣，氣降則痰消咳止。能潤大腸，故大腸氣秘者可用之。」杏自古以來也不少文人墨客寫詩讚揚，如南宋詩人葉紹翁〈遊園不值〉：「應憐屐齒印蒼苔，小扣柴扉久不開。春色滿園關不住，一枝紅杏出牆來。」北宋宋祁的「綠楊煙外曉寒輕，紅杏枝頭春意鬧」也道盡詞人內心乍現綻放的熱情春意；而杏林也是醫界的譽稱，杏林高手就是高明的醫生。

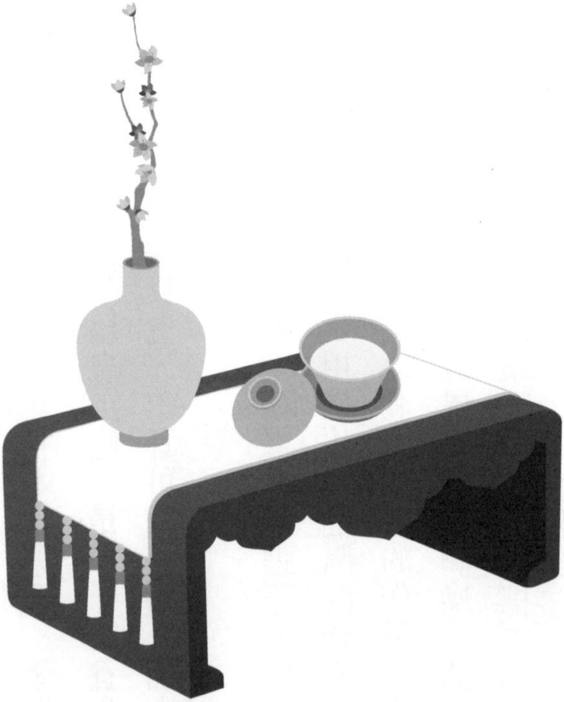

## 寶玉痰迷心竅

痰迷心竅，一般用來指一個人犯糊塗了，做了令人後悔的事，但在醫學上卻是一個相當嚴重的問題，《儒林外史》中的〈范進中舉〉應算是痰迷心竅的一個典型案例，因他為科舉考試產生喜極而瘋的悲劇，幸好眾人還想到恐勝喜的原理，將他素來懼怕三分的丈人胡屠夫給了他一巴掌，才將他嚇醒。

痰迷心竅，又稱痰阻心竅、痰蒙心包，因為痰濁阻遏心神，引起意識不清楚、精神抑鬱，從而出現行為失常，有些喃喃自語，有些甚至昏倒於地、不省人事，脈症上出現喉中痰鳴、苔白膩、脈滑等等，標準的治療方法是用芳香醒神的方式，如中藥導痰湯或合蘇合香丸等等。痰濁的產生有些是濕濁內留，化而成痰，或是情志不暢、鬱而生痰等等。

紅樓夢第57回〈慧紫鵑情辭試莽玉　慈姨媽愛語慰癡顰〉，紫鵑為了試探寶玉，故意說林黛玉要回蘇州，寶玉信以為真，大病了一場，「寶玉聽了，便如頭頂上響了一個焦雷一般。紫鵑看他怎麼回答，等了半天，見他只不作聲。纔要再問，只見晴雯找來，說：「老太太叫你呢。誰知在這裏。」紫鵑笑道：「他這裏問姑娘的病症，我告訴了他半天，他只不信，你倒拉他去罷。」說著，自己便走回房去了。晴雯見他獃獃的，一頭熱汗，滿臉紫脹，忙拉他的手，一直到怡紅院中。襲人見了這般，慌起來了，只說時氣所感，熱身被風撲了。無奈寶玉發熱事猶小可，更覺兩個眼珠兒直直的起來，口角邊津液流出，皆不知覺。給他個枕頭，他便睡下；扶他起來，他便坐著；倒了茶來，他便吃茶。眾人見了這樣，一時忙亂起來……」林黛玉聞得寶玉如此情景，又未免添了些病症，哭了幾場。

寶玉天生性癡，常常無故尋愁覓恨，有時似傻如狂，還常被認為「行為偏僻性乖張」，他媽媽王夫人也說他一時有天無日，一時瘋瘋傻傻，一個至情至性的性情中人，如此難免會為情志所惱，而他的疾病也常與情治有關。寶玉每與黛玉口角爭吵後，常氣得哭鬧摔玉，這次雖試出了寶玉的真心，卻引發了寶玉急火攻心的痰症，連久經人事的老嫗見狀如此，都嚇哭了。

中醫所指的痰，不光是嘴巴吐出來的痰，一切痰濁邪氣滯留於體內的都算，而且痰還可與其他邪氣結合，如風、寒、濕、熱、火、瘀血等。寶玉乍聞黛玉要離去的消息，一時間急、怒、悲、驚交織在一起，絕望悲痛皆有，《內經》云：「驚則氣亂」，一時神無所歸，急痰攻心，蒙蔽清竅，王太醫如此分析：「世兄這症，乃是急痛迷心。古人曾云，『痰迷有別：有氣血虧柔飲食不能鎔化痰迷者，有怒惱中痰急而迷者，有急痛壅塞者』，此亦痰迷之症，係急痛所致，不過一時壅蔽，較別的似輕些。」王太醫開了幾劑醒神開竅的藥，症狀是慢慢痊癒，但最終紫鵑款款說明原委，解開寶玉心結，心事倏然放下，心病一去，才真正得到了復原。

# 紅樓話酒

《紅樓夢》第五回〈賈寶玉神遊太虛境　警幻仙曲演紅樓夢〉，寶玉聽眾仙姑說話：「寶玉聽了，自是羨慕。於是大家入座，小鬟捧上茶來。寶玉覺得香清味美，迥非常品，因又問何名。警幻道：「此茶出在放春山遣香洞，又以仙花靈葉上所帶的宿露烹了，名曰『千紅一窟』。」寶玉聽了，點頭稱賞，因看房內，瑤琴、寶鼎、古畫、新詩，無所不有。更喜窗下亦有唾絨，奩間時漬粉污。壁上也掛著一副對聯，書云：「幽微靈秀地，無可奈何天。」寶玉看畢，因又請問眾仙姑姓名：一名癡夢仙姑，一名鍾情大士，一名引愁金女，一名度恨菩提，各各道號不一。少刻，有小鬟來調桌安椅，擺設酒饌。正是：「瓊漿滿泛玻璃盞，玉液濃斟琥珀杯。」寶玉因此酒香冽異常，又不禁相問。警幻道：「此酒乃以百花之蕊，萬木之汁，加以麟髓鳳乳釀成，因名為『萬艷同杯』。」寶玉稱賞不迭。」

寶玉夢遊太虛幻境時，警幻仙姑讓他飲的茶名為「千紅一窟」，是千紅一哭的諧音，又讓他飲「萬豔同杯」的酒，諧音萬豔同悲，暗示了書中女子們才華出眾卻命運多舛。當然這酒是曹雪芹創造出來的，日常生活中想喝也喝不到。

紅樓夢第五十三回〈寧國府除夕祭宗祠　榮國府元宵開夜宴〉，談到在大觀園除夕獻屠蘇酒：「兩府男女、小廝、丫鬟，亦按差役（上、中、下）行禮畢，然後散了押歲錢並荷包金銀錁等物。擺上合歡宴來，男東女西歸坐，獻屠蘇酒、合歡湯、吉祥果、如意糕畢。」中國人的傳統習俗，在農曆正月初一，闔家飲用屠蘇酒，王安石的詩〈元日〉也是描寫這一景象：「爆竹聲中一歲除，春風送暖入屠蘇。千門萬戶曈曈日，總把新桃換舊符。」屠蘇酒是寶玉、黛玉、寶釵的養生酒，也是藥酒，採用赤木桂、防風、蜀椒、桔梗、大黃、赤小豆等浸泡而成，具有祛風寒、清濕熱及防病的作用。

此外《紅樓夢》還有金穀酒、紹興酒、惠泉灑、桂花酒、西洋葡萄酒、燒酒、菊花酒、合歡花酒等等，曹雪芹描寫了許多喝酒的場面與氣氛，要烘托氣氛，還有許多行酒令，還描述了許多酒具，名目繁多，奇巧別緻，不勝枚舉。喝酒了就會醉，第一位醉酒出場人物就是賈雨村，一開始鬱鬱不得志，他的醉，展示了他的熱中功名利祿狂態；劉姥姥的醉，顯示了她來自於窮鄉僻壤，樸實幾近於滑稽的一舉一動，老於世故、善於博取他人歡欣的性格十分生動；尤三姊的醉，不是真的醉了，卻是佯醉，故將淫態與醜態結合在一起，表現一個被侮辱女性奮力抗爭的剛烈性格。

史湘雲的醉，在《紅樓夢》的第六十二回〈憨湘雲醉眠芍藥裀〉中，別具一種美學價值：「果見湘雲臥於山石僻處一個石磴子上，業經香夢沈酣。四面芍藥花飛了一身，滿頭臉衣襟上皆是紅香散亂。手中的扇子在地下，也半被落花埋了，一群蜜蜂蝴蝶鬧，嚷嚷的圍著。又用鮫帕包了一包芍藥花瓣枕著。」

## 不為良相，則為良醫！

古代文人因為屢試不中而棄儒從醫者固多，就是仕途亨通者中也不乏精於醫理的人才。如蘇軾和沈括合著的《蘇沈良方》就是一例。宋代文學家范仲淹曾經說過：「不為良相，則為良醫」。曹雪芹雖未仕途亨通，但某方面來說也可算的上是個良醫了。就如紅樓夢第三十四回裏的敘述，寶玉挨了賈政一頓毒打之後，口中「只嚷乾渴，要吃酸梅湯」——這是襲人回王夫人話時說的。「望梅止渴」，已是老古話了，可是「酸甘化陰」卻是地地道道的中醫理論。

與曹雪芹差不多同時代的郝懿行在《證俗文》裏說：「今人煮梅為湯，加白糖而飲之。」於是既酸又甜美的酸梅湯就功能化陰而生津解渴了。六十三回中，寶玉道：「今兒因吃了麵，怕停住食，所以多玩一回。」林之孝家的又向襲人等笑著說：「該漬些普洱茶吃。」這裏，曹雪芹借林之孝家的口，說出了雲南所產普洱茶的漬胃消食之功，可與清．趙學敏《本草綱目拾遺》所記述的相印證。

有意思的是，書中曹雪芹對簡易而行之有效的鼻嗅療法表現了莫大的興趣。在第五十二回中，晴雯發燒頭疼，鼻塞聲重，雖然服藥後夜裏出了點汗，療效不顯著。於是寶玉使命麝月：「取鼻個來，給她聞些，痛打幾個噴嚏，就通快了。」麝月聽命，果真去取了一個金鑲雙星玻璃小扁盒兒來遞給寶玉。寶玉便揭開盒蓋。裏面盛著些真正上等洋煙。寶玉道：「聞些，走了氣就不好了。」晴雯聽說，忙用指甲挑了些抽吸入鼻中，不見怎麼，便又多挑了些抽入。

忽覺鼻中一股酸辣，透入囟門，接連打了五六個噴嚏，眼淚鼻涕，頓時齊流，果然痛快了些，只是太陽穴還疼。寶玉笑道：一越發用西洋貼頭疼的膏子藥『依佛哪』治一治，只怕就好了。」於此可見，紅樓夢的作者在醫藥上原還是個洋為中用的高手呢！原來鼻煙在明朝末年由歐洲傳入中國以後，除了人們作為一種嗜好進行嗅吸以外，它在治療上的「辟疫之功」也從來沒有被人遺忘過。

## 肝氣鬱結暑熱難熬，《紅樓夢》人物吃什麼？

天氣熱，很容易沒有胃口，但大戶人家吃不但要美味，又要健康，又不可有太多刺激性食物在裡頭，要吃什麼好呢？

紅樓夢第33回〈手足眈眈小動唇舌　不肖種種大承笞撻〉，在炎熱的夏天，金釧兒因想不開投井自盡了，賈環卻誣賴說：「我母親告訴我說，寶玉哥哥前日在太太屋裡，拉著太太的丫頭金釧兒強姦不遂，打了一頓。那金釧兒便賭氣投井死了。」話未說完，把個賈政氣得面如金紙。

寶玉挨了一陣毒打後，王夫人問襲人，寶玉有沒有吃什麼東西，襲人說寶玉嚷著想喝酸梅湯，卻心想著：「我想著酸梅是個收斂的東西，才剛捱了打，又不許叫喊，自然急得那熱毒熱血未免不存在心裡，倘或吃下這個去激在心裡，再弄出大病來，可怎麼樣呢。因此我勸了半天才沒吃，只拿那糖醃的玫瑰滷子和了吃了半碗，又嫌吃絮了，不香甜。」這時，王夫人想起前幾天有人送了些香露來，便叫人給寶玉送了過去，「把這個拿兩瓶子去。一碗水裡只用挑一茶匙子，就香得了不得呢。」襲人看了，只見兩個玻璃小瓶，都有三寸大小，上面螺絲銀蓋，鵝黃箋上寫著「木樨清露」，那一個寫著「玫瑰清露」。寶玉睡醒之後，「寶玉喜不自禁，即命調來嘗試，果然異香妙非常。」

木樨清露與玫瑰清露即桂花（即木樨花）與玫瑰花精製的香露。清·趙學敏所撰的《本草綱目拾遺》中有這段話：「凡物之有質者皆可取露。露乃物之精華，其法始於大西洋。傳入中國，大則用瓶，小則用壺，皆可蒸取……桂花蒸取，氣香味微苦，明目舒肝……玫瑰花蒸取，氣香味而淡，能活血、平肝、養胃、寬胸、散鬱。」寶玉挨了打，自然肝氣鬱結，加上暑熱難熬，此時香露就發揮了其雙重作用。

寶玉靜養了幾天，王夫人詢問，傷勢好轉了，要吃些什麼。寶玉笑道：「倒不想什麼吃，倒是那一回做的那小荷葉兒、小蓮蓬兒的湯還好些。」鳳姐一旁笑道：「聽聽口味不算高貴，只是太磨牙了。巴巴的想這個吃了。」鳳姐笑寶玉嘴饞，那麼多菜品，偏偏惦記著最難做的。賈母見寶玉胃口好，趕緊吩咐下人去做，只是做這蓮葉羹的模具十分精細，讓見過大世面的薛姨媽也大吃一驚，「薛姨媽先接過來瞧時，原來是個小匣子，裡面裝著四副銀模子，都有一尺多長，一寸見方，上面鑿著有豆子大小，也有菊花的，也有梅花的，也有蓮蓬的，也有菱角的，共有三四十樣，打得十分精巧。」蓮葉羹是去年貴妃賈元春歸省時吃過的一道湯菜，鳳姐解釋道：「這是舊年備膳，他們想的法兒：不知弄些什麼面印出來，借點新荷葉的清香，全仗著好湯……」需用銀質湯模子將濕麵皮扎製出豆子大小的若干花型，再配以好湯燒製，借了荷葉的清香，取名為「蓮葉羹」。

## 習近平與紅樓夢

習近平很喜歡《紅樓夢》，因為祖師爺毛澤東就是紅學專家，習大大自己也在講話中也常引用《紅樓夢》的字句。《紅樓夢》中幾次曾描述到無法無天：「珍大奶奶是個老實頭；個個人都叫他養得無法無天的。」毛自己就說自己是個和尚打傘，無法無天，況且《紅樓夢》描述人生富貴夢幻一場，習大大有沒有夢到就像《紅樓夢》中預言王熙鳳那樣「忽喇喇似大廈傾」的一幕。

其實中共政權本來就已到窮途末路，堅持馬列主義思想，不開放自由民主，本來就是與世界潮流對著幹，到後來，就是民心思變，叛意升起，習大大想用中共保有手中政權，可說是癡人說夢，沒人會真的擁護。就像《紅樓夢》《金陵十二曲》最後一曲「飛鳥各投林」，曲中說：「為官的，家業凋零，富貴的，金銀散盡，有恩的，死裡逃生，無情的，分明報應。欠命的，命已還，欠淚的，淚已盡。冤冤相報實非輕，分離聚合接前定，欲知命短問前生。老來富貴也真僥倖。看破的，遁入空門，痴迷的，枉送了性命。好一似食盡鳥投林，落了片白茫茫大地真乾淨！」

毛澤東曾說過，《紅樓夢》的政治性很強，因為書中男女關係、家族成員間的關係都與當時的社會政治制度有關，與意識形態上的不公平、不公正有關。因此毛說，《紅樓夢》是一本階級鬥爭小說，四大家族的興衰史，牽涉人命幾十條，第四章是整個全書的總綱等等。因此習近平在中共中央黨校建校80周年慶祝大會暨2013年春季學期開學典禮上的講話也首次引述了《紅樓夢》裡的對聯：「世事洞明皆學問，人情練達即文章。」後來還說過：「曹雪芹如果沒對當時的社會生活做過全景式的觀察和顯微鏡式的剖析，就不可能完成《紅樓夢》這種百科全書式巨著的寫作。」對北大教授學生演講時，也提到：「如果沒有曹雪芹十載披閱，增刪數次的嘔心瀝血，又如何有鴻篇巨制《紅樓夢》的問世……」。

習近平剛剛在天安門廣場閱兵完畢，黨刊《求是》卻在翌日發表習內部講話，警告黨內會出嚴重問題，「防止禍起蕭牆」，「必須先從家裡自殺自滅起來」，這正是《紅樓夢》第七十四回，在大觀園抄家的時候，賈探春說的話：「可知這樣大族人家，若從外頭殺來，一時是殺不死的。這可是古人說的，『百足之蟲，死而不僵』，必須先從家裡自殺自滅起來，才能一敗塗地！」

如果有人說，《紅樓夢》這本古典巨著是習近平的最愛，是他「中國夢」之源，那麼連這個夢都是山寨。也有人希望習近平把〈好了歌〉再深入了解一下：

「世人都曉神仙好，惟有功名忘不了！古今將相在何方？荒塚一堆草沒了。」也有人覺得習近平的一生很符合「赤條條，來去無牽掛！

那裡討，煙蓑雨笠卷單行？」這正是《紅樓夢》22回，寶釵過生日時，點了《山門》的戲，演的是魯智深在五台山破戒醉酒，打壞了山門，被智真長老遣往別處的故事。智深辭別師父時唱了這首《寄生草》。也就是說習大大最終是演一人戲，大家都希望中共倒，只是表面上說好，習大大高呼萬萬歲，到最後還自是自己揹了共黨的黑鍋了。

現在仍是比較難想像習大大把《紅樓夢》都讀通了，尤其對其中的「忽喇喇似大廈傾，昏慘慘似燈將盡」沒有深深的觸動。王熙鳳是賈府的實際統治者，她有著剝削階級的權欲和貪欲，有心機權術，可以說是全能的管家，她為支撐賈府這座大廈煞費心機，使盡氣力，可是她的命中早就注定是《紅樓夢》十二曲中的〈聰明累〉：「機關算盡太聰明，反算了卿卿性命！生前心已碎，死後性空靈。家富人寧，終有個家亡人散各奔騰。枉費了意懸懸半世心，好一似蕩悠悠三更夢。忽喇喇，似大廈傾；昏慘慘，似燈將盡。呀！一場歡喜忽悲辛，嘆人世，終難定！」如果《紅樓夢》就是預言紅色政權，夢幻一場，那麼賈府的崩潰，也就預示著整個封建社會的末日來臨，也就是中共鳥獸散，大劫臨的下場。習近平若真的珍愛與重視《紅樓夢》這本古典巨著，就應該拋棄中共，與香港人民對話，開啟中國民主法治之門，做一個真正有榮耀的君王。

關於

# 紅樓夢詩詞

文／曹雪芹

本篇收錄的詩歌詞句皆節錄自《紅樓夢》書中

## 紅樓夢引子

開辟鴻蒙，誰為情種？
都只為風月情濃。
奈何天，傷懷日，
寂寥時，試遣愚衷。
因此上，
演出這悲金悼玉的紅樓夢。

# 紅樓夢序詩

浮生著甚苦奔忙，盛席華筵終散場。
悲喜千般同幻夢，古今一夢盡荒唐。
慢言紅袖啼痕重，更有情痴抱恨長。
字字看來皆是血，十年辛苦不尋常。

## 題石頭記

滿紙荒唐言，一把辛酸淚。
都云作者痴，誰解其中味？

## 太虛幻境引子

春夢隨雲散，飛花逐水流。
寄言眾兒女，何必覓閑愁。

# 金陵十二釵又副冊

——歌晴雯

霽月難逢，彩雲易散。
心比天高身為下賤。
風流靈巧招人怨，
壽夭多因誹謗生，
多情公子空牽念。

——詠襲人

枉自溫柔和順，空云似桂如蘭。
堪羡優伶有福，誰知公子無緣。

——嘆香菱

根並荷花一莖香，平生遭際實堪傷。
自從兩地生孤木，致使香魂返故鄉。

## 金陵十二釵正冊

——寶釵和黛玉

可嘆停機德，誰憐詠絮才。
玉帶林中掛，金簪雪裡埋。

——元春

二十年來辨是非，榴花開處照宮闈。
三春怎及初春景，虎兕相逢大夢歸。

——探春

才自清明志自高，生與末世運偏消。

清明涕送江邊望，千里東風一夢遙。

——湘雲

富貴又何為，襁褓之間父母違。

展眼吊斜暉，湘江水逝楚雲飛。

——妙玉

欲潔何曾潔，云空未必空。

可憐金玉質，終陷淖泥中。

——迎春

子係中山狼，得志便猖狂。
金閨花柳質，一載赴黃粱。

——惜春

勘破三春景不長，緇衣頓改昔年妝。
可憐繡戶侯門女，獨臥青燈古佛旁。

——鳳姐

凡鳥偏從末世來，都知愛慕此生才。
一從二令三人木，哭向金陵事更哀。

——巧姐

勢敗休云貴，家亡莫論親。
偶因濟劉氏，巧得遇恩人。

——李紈

桃李春風結子完，
到頭誰似一盆蘭。
如冰水好空相妒，
枉與他人作笑談。

——秦可卿

情天情海幻情身，情既相逢必主淫。
漫言不肖皆榮出，造釁開端實在寧。

## 寄生草——寶玉

無我原非你，從他不解尹，
肆行無礙憑來去。
茫茫說甚悲愁喜？
紛紛說甚親踈密？
從前碌碌卻因何？
到如今，回頭試想真無趣！

## 寄生草——魯智深醉鬧五台山

（寶釵所點戲）

漫搵英雄淚，相離處士家，
謝慈悲，剃度在蓮台下。
沒緣法，轉眼分離乍。
赤條條，來去無牽掛。
那裡討煙蓑雨笠捲單行？
一任俺芒鞋破缽隨緣化！

# 林黛玉葬花詞

花謝花飛飛滿天，
　紅消香斷有誰憐？
游絲軟細飄春榭，
　落絮輕粘撲繡窗。
閨中女兒惜春暮，
　愁緒滿懷無著處。
手把花鋤出繡窗，
　忍踏落花來復去。

柳絲榆莢自芳菲，
　哪管桃飄與李飛。
桃李明年能再發，
　明年閨中知有誰？
三月香巢初壘成，
　梁間燕子太無情。
明年花發雖可啄，
　卻不道人去梁空巢已傾。
一年三百六十日，
　風刀霜劍嚴相逼。
明媚鮮妍能幾時，
　一朝漂泊難尋覓。

花開易見落難尋，階前愁煞葬花人。
獨把花鋤偷洒淚，洒上空枝見血痕。
杜鵑無語正黃昏，荷鋤歸去掩重門。
青燈照壁人初睡，冷雨敲窗被未溫。
怪儂底事倍傷神，半為憐春半惱春。
憐春忽至惱忽去，至又無言去不聞。
昨宵亭外悲歌發，知是花魂與鳥魂。
花魂鳥魂總難留，鳥自無言花自羞。

願儂此日生雙翼，隨花飛到天盡頭。
天盡頭，何處有香丘？
未若錦囊收艷骨，一坯淨土掩風流。
質本潔來還潔去，不教污淖陷渠溝。
爾今死去儂收葬，未卜儂身何日喪。
儂今葬花人笑痴，他年葬儂知是誰？
試看春殘花漸落，便是紅顏老死時。
一朝春盡紅顏老，花落人亡兩不知。

## 桃花行

桃花簾外東風軟，桃花簾內晨妝懶。
簾外桃花簾內人，人與桃花隔不遠。
東風有意揭簾櫳，花欲窺人簾不卷。
桃花帘外仍開舊，帘中人比桃花瘦。
花解憐人花亦愁，隔帘消息風吹透。
風透湘簾花滿庭，庭前春色倍傷情。
閑苔院落門空掩，斜日欄杆人自憑。
憑欄人向東風泣，茜裙偷旁桃花立。

桃花桃葉亂紛紛，花綻新紅葉凝碧。
霧裡煙封一萬株，烘樓照壁紅模糊。
天機燒破鴛鴦錦，春酣愈醒移珊枕。
侍女金盆進水來，香泉飲蘸胭脂冷。
胭脂鮮艷何相類，花之顏色人之淚。
若將人淚比桃花，淚自長流花自媚。
淚眼觀花淚易乾，淚乾春盡花憔悴。
憔悴花遮憔悴人，花飛人倦易黃昏。
一聲杜宇春歸盡，寂寞簾櫳空月痕。

## 題帕三絕

眼空蓄淚淚空垂，
暗撒閑拋卻為誰。
尺幅鮫綃勞解贈，
叫人焉能不傷悲。

抛珠滾玉只偷潸，
鎮日無心鎮日閑。
枕上袖邊難拂拭，
任他點點與斑斑。

彩線難收面上珠，
湘江舊跡已模糊。
窗前亦有千竿竹，
不識香痕漬也無。

## 紅豆詞

滴不盡相思血淚拋紅豆，
開不完春柳春花滿畫樓。
睡不穩紗窗風雨黃昏後，
忘不了新愁與舊愁。
咽不下玉粒金波噎滿喉，
照不見菱花鏡裡形容瘦。
展不開的眉頭，捱不明的更漏。
呀！
恰便似遮不住的青山隱隱，
流不斷的綠水悠悠。

## 詠白海棠

——蕉下客（探春）

斜陽寒草帶重門，苔翠盈鋪雨後盆。
玉是精神難比潔，雪為肌骨易銷魂。
芳心一點嬌無力，倩影三更月有痕。
莫道縞仙能羽化，多情伴我詠黃昏。

——蘅蕪君（寶釵）

珍重芳姿晝掩門，自攜手甕灌苔盆。
胭脂洗出秋階影，冰雪招來露砌魂。
淡極始知花更艷，愁多焉得玉無痕。
欲償白帝憑清潔，不語婷婷日又昏。

——怡紅公子（寶玉）

秋容淺淡映重門，七節攢成雪滿盆。

出浴太眞冰作影，捧心西子玉為魂。

曉風不散愁千點，宿雨還添淚一痕。

獨倚畫欄如有意，清砧怨笛送黃昏。

——瀟湘妃子（黛玉）

半卷湘簾半掩門，碾冰為土玉為盆。
偷來梨蕊三分白，借得梅花一縷魂。
玉窟仙人縫縞袂，秋閨怨女拭啼痕。
嬌羞默默同誰訴，倦倚西風夜已昏。

## ——湘雲

一

神仙昨日降都門，種得藍田玉一盆。
自是霜娥偏愛冷，非關倩女亦離魂。
秋陰捧出何方雪，雨漬添來隔宿痕。
卻喜詩人吟不倦，肯令寂寞度朝昏。

二

蘅芷階通蘿薜門，也宜牆腳也宜盆。
花因喜潔難尋偶，人為悲秋易斷魂。
玉燭滴乾風裡淚，晶簾隔破月中痕。
幽情欲向嫦娥訴，無那虛廊夜色昏。

## 菊花詩

枕霞舊友（湘雲）所作三首

——供菊

彈琴酌酒喜堪儔，几案婷婷點綴幽。
隔坐香分三逕露，拋書人對一枝秋。
霜清紙帳來新夢，圃冷斜陽憶舊遊。
傲世也因同氣味，春風桃李未淹留。

——菊影

秋光疊疊復重重，潛度偷移三逕中。
窗隔疏燈描遠近，籬篩破月鎖玲瓏。
寒芳流照魂應駐，霜印傳神夢也空。
珍重暗香休踏碎，憑誰醉眼認朦朧。

——對菊

別圃移來貴比金，一叢淺淡一叢深。
蕭疏籬畔科頭坐，清冷香中抱膝吟。
數去更無君傲世，算來惟有我知音。
秋光荏苒休辜負，相對原宜惜寸陰。

瀟湘妃子（黛玉）所作三首

—問菊

欲訊秋情眾莫知，喃喃負手叩東籬。
孤標傲世偕誰隱，一樣開花為底遲。
圃露庭霜何寂寞，鴻歸蛩病可相思。
莫言舉世無談者，解語何妨片語時。

——菊夢

籬畔秋酣一覺清，和雲伴月不分明。
登先非慕莊生蝶，憶舊還尋陶令盟。
睡去依依隨雁斷，驚回故故惱蛩鳴。
醒時幽怨同誰訴，衰草寒煙無限情。

——詠菊

無賴詩魔昏曉侵，繞籬欹石自沉音。
毫端蘊秀臨霜寫，口角噙香對月吟。
滿紙自憐題素怨，片言誰解訴秋心。
一從陶令平章後，千古高風說到今。

怡紅公子（寶玉）所作二首

——訪菊

閑趁霜晴試一遊，酒杯藥盞莫淹留。
霜前月下誰家種，欄外籬邊何處秋。
蠟屐遠來情得得，冷吟不盡興悠悠。
黃花若解憐詩客，休負今朝掛杖頭。

——種菊

攜鋤秋圃自移來，籬畔庭前處處栽。
昨夜不期經雨活，今朝猶喜帶霜開。
冷吟秋色詩千首，醉酹寒香酒一杯。
泉溉泥封勤護惜，好和井逕絕塵埃。

蕉下客（探春）所作二首

——殘菊

露凝霜重漸傾欹，宴賞才過小雪時。
蒂有余香金淡泊，枝無全葉翠離披。
半床落月蛩聲切，萬里寒雲雁陣遲。
明歲秋分知再會，暫時分手莫相思。

——簪菊

瓶供籬栽日日忙，折來休認鏡中妝。
長安公子因花癖，彭澤先生是酒狂。
短鬢冷沾三逕露，葛巾香染九秋霜。
高情不入時人眼，拍手憑他笑路旁。

蘅蕪君（寶釵）所作二首

——畫菊

詩餘戲筆不知狂，豈是丹青費較量。
聚葉潑成千點墨，攢花染出几痕霜。
淡濃神會風前影，跳脫秋生腕底香。
莫認東籬閑采掇，粘屏聊以慰重陽。

——憶菊

悵望西風抱悶思，蓼紅葦白斷腸時。
空籬舊圃秋無跡，瘦月清霜夢有知。
念念心隨歸雁遠，寥寥坐聽晚砧痴。
誰憐我為黃花病，慰語重陽會有期。

## 秋窗風雨夕

秋花慘淡秋草黃，
　耿耿秋燈秋夜長。
已覺秋窗秋不盡，
　哪堪風雨助淒涼。
助秋風雨來何速，
　驚破秋窗秋夢綠。
抱得秋情不忍眠，
　自向秋屏移淚燭。

淚燭搖搖爇短檠，
　牽愁照恨動離情。
誰家秋院無風入，
　何處秋窗無雨聲。
羅衾不奈秋風力，
　殘漏聲催秋雨急。
連宵脈脈復颼颼，
　燈前似伴離人泣。
寒煙小院轉蕭條，
　疏竹虛窗時滴瀝。
不知風雨幾時休，
　已教淚洒窗紗濕。

## 柳絮詞

——臨江仙

白玉堂前風解舞，東風捲得均勻。
蜂圍蝶陣亂紛紛。幾曾隨逝水？
豈必委芳塵？萬縷千絲終不改，
任他隨聚隨分。韶華休笑本無根。
好風頻借力，送我上青雲。

——如夢令

豈是繡絨殘吐？
卷起半簾香霧。
纖手自拈來，
空使鵑啼燕妒。
且住，且住！
莫使春光別去！

——唐多令

粉墮百花洲，香殘燕子樓。
一團團逐隊成毬，飄泊亦如人命薄。
空繾綣，說風流。
草木也知愁，韶華竟白頭。
嘆今生，誰捨誰收！
嫁與東風春不管。
憑爾去，忍淹留。

——南柯子

空掛纖纖縷，徒垂絡絡絲，
也難綰繫也難羈，
一任東西南北各分離。
落去君休惜，飛來我自知。
鶯愁蝶倦晚芳時，
縱是明春再見隔年期。

賈探春、李紈

—西江月

漢苑零星有限，
　隋堤點綴無窮。
三春事業付東風，
　明月梨花一夢。
幾處落紅庭院，
　誰家香雪簾櫳？
江南江北一般同，
　偏是離人恨重！

## 好事終

畫梁春盡落香塵。
擅風情，秉月貌，便是敗家的根本。
箕裘頹墮皆從敬，家事消亡首罪寧。
宿孽總因情！

## 枉凝眉

一個是閬苑仙葩，一個是美玉無瑕。
若說沒奇緣，今生偏又遇著他。
若說有奇緣，如何心事終虛化。
一個枉自嗟呀，一個空勞牽掛。
一個是水中月，一個是鏡中花。
浪想眼中能有多少淚珠兒，
怎經得秋流到冬盡，春流到夏。

## 終生誤

都道是金玉良姻，俺只念木石前盟。
空對著，山中高士晶瑩雪；
終不忘，世外仙姝寂寞林。
嘆人間，美中不足今方信；
縱然是齊眉舉案，到底意難平。

## 聰明累

機關算盡太聰明，反算了卿卿性命！
生前心已碎，死後性空靈。
家富人寧，終有個家亡人散各奔騰。
枉費了意懸懸半世心，
好一似蕩悠悠三更夢。
忽喇喇，似大廈傾；
昏慘慘，似燈將盡。
呀！
一場歡喜忽悲辛，嘆人世終難定！

## 留餘慶

留餘慶，留餘慶，忽遇恩人；
幸娘親，幸娘親，積得陰功。
勸人生，濟困扶窮，
休似俺那愛銀錢、忘骨肉的狠舅奸兄！
正是乘除加減，上有蒼穹。

## 樂中悲

襁褓中，父母嘆雙亡。
縱居那綺羅叢，誰知嬌養？
幸生來，英豪闊大寬宏量，
從未將兒女私情，略縈心上。
好一似，霽月光風耀玉堂。
廝配得才貌仙郎，博得個地久天長。
準折得幼年時坎坷形狀，
終久是雲散高唐，水涸湘江。
這是塵寰中消長數應當，何必枉悲傷？

## 恨無常

喜榮華正好，恨無常又到。
眼睜睜，把萬事全拋。
蕩悠悠，芳魂消耗，
望家鄉，路遠山高。
故向爹娘夢裡相尋告：
兒命已入黃泉，
天倫呵，須要退步抽身早。

## 喜冤家

中山狼，無情獸。
全不念當日根由。
一味的，驕奢淫蕩貪還構。
覷著那，侯門艷質同蒲柳；
作賤的，公府千金似下流。
嘆芳魂艷魄，一載蕩悠悠。

## 紫菱洲歌

池塘一夜秋風冷，吹散芰荷紅玉影。
蓼花菱葉不勝愁，重露繁霜壓纖梗。
不聞永晝敲棋聲，燕泥點點污棋枰。
古人惜別憐朋友，況我今當手足情。

## 分骨肉

一帆風雨路三千，
把骨肉家園齊來拋閃。
恐哭損殘年，
告爹娘，休把兒懸念。
自古窮通皆有定，離合豈無緣？
從今分兩地，各自保平安。
奴去也，莫牽連！

# 虛花悟

將那三春看破，桃紅柳綠待如何？
把這韶華打滅，覓那清淡天和。
說什麼，天上夭桃盛，雲中杏蕊多。
到頭來，誰把秋捱過？
則看那，白楊村裡人嗚咽，青楓林下鬼吟哦。
更兼著，連天衰草遮墳墓。
這的是，昨貧今富人勞碌，春榮秋謝花折磨。
似這般，生關死劫誰能躲。
聞說道，西方寶樹喚婆娑，上結著長生果。

## 世難容

氣質美如蘭，才華阜比仙，
天生成孤癖人間罕。
你道是啖肉食腥膻，視綺羅俗厭；
卻不知太高人愈妒，過潔世同嫌。
可嘆這，青燈古殿人將老，
辜負了，紅粉朱樓春色闌！
到頭來，依舊是風塵骯髒違心願；
好一似，無瑕白玉遭泥陷；
又何須，王孫公子嘆無緣。

# 晚韶華

鏡里恩情，更那堪夢里功名！
那美韶華去之何迅，再休提繡帳鴛衾。
只這帶珠冠，披鳳襖，也抵不了無常性命。
雖說是，人生莫受老來貧，也須要陰騭積兒孫。
氣昂昂頭戴簪纓，光燦燦胸懸金印。
威赫赫爵祿高登，昏慘慘黃泉路近。
問古來將相可還存，也只是虛名兒與後人欽敬。

## 飛鳥各投林

為官的，家業凋零；富貴的，金銀散盡；
有恩的，死裡逃生；無情的，分明報應。
欠命的，命已還；欠淚的，淚已盡；
冤冤相報實非輕，分離聚合皆前定。
欲知命短問前生，老來富貴也真僥幸。
看破的，遁入空門；痴迷的，枉送了性命；
好一似食盡鳥投林，落了片白茫茫大地真乾淨！

## 好了歌

世人都曉神仙好，只有功名忘不了。
古今將相在何方，荒塚一堆草沒了。
世人都曉神仙好，只有金銀忘不了。
終朝只恨聚無多，及到多時眼閉了。
世人都曉神仙好，只有嬌妻忘不了。
君生日日說恩情，君死又隨人去了。
世人都曉神仙好，只有兒孫忘不了。
痴心父母古來多，孝順兒孫誰見了。

## 好了歌注

陋室空堂，當年笏滿床；
衰草枯楊，曾為歌舞場；
蛛絲兒結滿雕梁，綠紗今又在蓬窗上。
說甚麼脂正濃、粉正香，如何兩鬢又成霜？
昨日黃土隴頭埋白骨，今宵紅綃帳底臥鴛鴦。
金滿箱，銀滿箱，轉眼乞丐人皆謗；

正嘆他人命不長，那知自己歸來喪？
訓有方，保不定日後作強梁。
擇膏粱，誰承望流落在煙花巷！
因嫌紗帽小，致使鎖枷扛；
昨憐破襖寒，今嫌紫蟒長；
亂烘烘你方唱罷我登場，反認他鄉是故鄉；
甚荒唐，到頭來都是為他人作嫁衣裳。

國家圖書館出版品預行編目(CIP)資料

紅樓夢又醫章 / 鄧正梁著. -- 初版. -- 臺北市 :
鄧正梁, 2021.07
面 ;　公分.
ISBN 978-957-43-8990-2（平裝）

1.紅學 2.研究考訂 3.醫學

857.49　　110009414

## 紅樓夢又醫章

作　　者　鄧正梁
出 版 者　鄧正梁
電　　話　(02)2528-7516
地　　址　台北市信義區松山路 411 號
I S B N　978-957-43-8990-2
出版日期　2021 年 7 月初版
定　　價　360 元